나비

띳싸니 단편소설집

안녕

띳싸니 단편소설집

나비

초판 1쇄 발행 2021년 11월 15일

지은이   띳싸니
옮긴이   소대명
발행인   전미영
펴낸곳   (주)안녕

출판등록   2021. 8. 3. (제2021-000025호)
주소   11696 경기도 의정부시 평화로 483, 3층 3348호
전화   대표전화 031-541-7003
           팩시밀리 050-4290-3266
           블로그 blog.naver.com/hi_publisher
           이메일 hi_publisher@naver.com
           값 18,000원

ISBN 979-11-975513-2-1 03830

차례

우리 미얀마에서도 최근에 한국의 영화와 음악, 패션 그리고 음식까지 큰 반향을 일으키고 있습니다. 하지만 한국의 문학은 여전히 잘 모릅니다. 미얀마어로 번역된 한국 소설이나 시를 거의 보지 못했습니다. 얼마 전에 발견한 한강 작가의 장편소설 『채식주의자』가 유일합니다.

그렇기 때문에 저의 단편소설집이 한국에서 출간된다는 소식에 기쁘지 않을 수 없습니다. 저는 2018년 광주 아시아문화전당에서 개최한 아시아문학축제에 운 좋게 참여한 바 있습니다. 그때 경험한 한국인들의 정성어린 우정을 아직까지 잊을 수 없습니다. 한국의 가을 경치는 아름답기 그지없었고 한국인들은 친절하고 따뜻했습니다. 같은 아시아인으로서, 그리고 서로 문화와 전통이 크게 다르지 않기 때문에 한국 독자들이 저의 단편들을 감상하는 데 큰 어려움을 느끼지 않을 것으로 기대합니다.

저는 마음속 깊이 우리 두 나라의 문학 교류가 더욱더 활발해지기를 바라고 있습니다. 미래의 양국 문학 교류에 저의 소설집이 조금이나마 기여할 수 있다면 자랑스러울 것 같습니다.

2021년 가을, 양곤에서

Htit Sarni
2021

경제학의 핵심

"요즘 제일 잘 나가는 것이 뭐죠?"
"늘 그렇지만 군중심리죠."

우리 집 근처에는 특이한 가게가 있다. 가게 이름은 '멋진 신세계'다. ('멋진 신세계'는 영국의 올더스 헉슬리가 쓴 소설 제목이다. 제목을 허락 없이 사용한 것을 두고 작가가 고소했다거나, 인용한 책표지를 방송이나 신문에 공개하며 항의하거나 보상을 요구했다는 소리를 들어본 적이 없다.) 그 가게에는 주인 혼자뿐인데 주인을 본 사람은 아무도 없다. 주인이 투명인간이기 때문이다. (예외이긴 하지만 맹인 손님 한 명은 주인을 확실하게 봤다고 한다.)

단지 이러한 이유 때문에 이 가게를 특수하다고 하는 것이 아니다. 가장 큰 이유는 세상 어떤 가게(편의점이나 슈퍼마켓)에서도 구할 수 없는 제품을 이 가게에서만 특이한 방법으로 판매하기 때문이다. 예를 들어, 가게에 들어서면 (사람은 보이지 않지만) 발자국 소리와 목소리가 들려온다. 거친 목소리는 아니지만 그렇다고 친절하게 느껴지지도 않는다. 그저 어디에서나 들을 수 있는 그렇고 그런 가게 주인의 말투다.

투명인간 주인 ― 무엇을 찾으시나요?

손님 ― 무엇이 있나요?

주인 ― 저희 가게는 고객님이 원하는 것이라면 무엇이든 다 구해드릴 수 있습니다.

손님 ― 무엇이든 다 구해준다고요?

주인 ― 네, 다 구할 수 있습니다. 용의 간, 찰리 채플린의 구두, 브라흐마의 낙원에서만 맛볼 수 있는 피자, 바위들의 노래, 죽음의 향기, 그리고 무솔리니의 정신까지. 단 고객님이 구매하고자 하는 것이 실제로 고객님에게 꼭 필요한 물건이어야 합니다.

손님 ― 요즘 제일 잘 나가는 것이 뭐죠?

주인 ― 늘 그렇지만 군중심리죠.

또 특이한 점은 구매한 제품은 구매자가 원하는 가격과 원하는 방식으로 값을 지불할 수 있다는 것이다. 예를 들어, 맛

띳은 반쯤 피운 궐련 세 가치를 주고 성경에 나오는 하와를 샀다. 저저아웅은 포스트모던의 개념을 이 가게에서 구입했다. 그 대가로 빈센트 반 고흐의 잘린 귀를 주고 갔다. 마웅마웅제야는 핵 공장을 구매하고 자신의 수염으로 대가를 지불했다. 그런데 그 다음날에도 마웅마웅제야의 얼굴엔 수염이 붙어 있었다. 수염은 가짜임이 분명했다. 나 역시 그 가게의 단골이라는 사실을 고백한다.

나는 그 가게에서 꽤 많은 물건을 구입했는데 그 물건들은…

1. 히로시마 (폭탄 떨어지기 전)
2. 희망 100그램
3. 여우가 신맛 난다고 외면했던 포도 한 송이
4. 진선미의 미소 (한국 여배우)
5. 자기 자랑을 늘어놓는 소리 (불태우려고)

(하와이는 말론 브란도가 먼저 사가서 사지 못했다.) 그 물건들을 구매하기 위해서 내가 치른 대가는 1짯짜리 헌 지폐 3장, 타구 하나, 거절당한 시 3편, 공산주의 그리고 소고기였다.

그저께는 오랜만에 가게를 찾았다. 주인을 만나서 대화한 내용은 다음과 같다.

　주인 – 무엇을 원하십니까?

　나 – 꿈을 구하고 싶은데요. (나는 꿈을 안 꾼 지 오래 되었다.)

　주인 – 어떤 꿈을 원하십니까?

　나 – 액체든 딱딱한 덩어리든 아무거나 주세요.

　주인 – 저희는 꿈을 세 가지 맛으로 공급하고 있습니다. 오렌지 맛, 딸기 맛, 우유 맛인데 어떤 것을 드릴까요?

　나 – 세 가지 다 주세요.

　그렇게 꿈을 구매했지만 나는 지금까지 어떤 꿈도 꾸지 못했다. 꿈을 구하기 위해 가게에 다시 가지도 않았다. 꿈은 나에게 정말 필요 없는 것이었다. 단, 한 가지 변한 것이 있었다. 그날 꿈을 구매하는 대가로 내가 지불한 것은 바로 내 잠이었다.

계단과 사람

그의 구세주는 동네 신발공장 사장이었다.
그렇게 그는 신발공장 사장의 딸과 결혼을 했다.

유리장 안에 여러 색깔의 종이꽃들이 화려하게 피어 있었다. 금속 그릇 위에 새겨진 빛나는 마호사다[부처의 전생]의 이야기들, 이미 액체로 변해버린 유리병 속 포도알들, 투박한 국산 옷감과 계산대 뒤에 서 있는 몇 개의 마네킹 그리고 흐릿한 불빛 때문에 백화점 분위기는 차갑고 우중충하게 느껴졌다.

나는 백화점 한쪽 끝에 자리 잡고 있는 서점으로 발걸음을 옮겼다. 구석진 곳에 자리한 서점을 아는 사람은 많지 않았고 책 판매도 썩 좋은 편은 아니었다. 그래서 그런지 종교문화부에서 출간한 좋은 책들을 쉽게 구할 때가 더러 있었다. 그런 이유로 백화점에 갈 때마다 들러 좋은 책이 있는지 둘러보곤 한다. 오늘도 따웅묘 스님의 『자행 아비달마[경전을 해석하거나 주석한 논(論)]』가 눈에 뜨여 구매했다. 실은 이 책을 이미 가지고 있었지만 행(行)[윤회(輪廻)의 생존(生存)을 구성하는 십이인연(十二因緣) 중 하나]이 좋지 않은 지인이 빌려가서 돌려주지 않고 있기 때문에 다시 구매했다.

책을 사서 돌아 나오는데

"봉웨야."

친근한 목소리가 들려왔다. 소리가 나는 쪽으로 고개를 돌리자 고등학교를 같이 다닌 동창 아웅밍이었다. 지금은 이름을 툰아웅밍인가 아웅툰밍인가로 개명을 했다고 말했던 친구였다. 학교 다닐 땐 아웅밍이라고 부르지 않았다. 그의 홀어미가 호떡을 팔기에 '호떡'이라는 별명으로 불렀다. 그와 나는 5학년부터 10학년까지 같은 학교에서 공부를 했다.

옛날에는 까만 얼굴에 삐쩍 말랐던 아웅밍이 지금은 천사호수에 빠졌다 나온 사람처럼 얼굴색이 훤해졌을 뿐만 아니라 살찐 모습이어서 놀라울 정도였다.

"어떻게 왔어?"

내가 손에 쥔 책 제목을 슬쩍 훑어본 그의 한쪽 입꼬리가 올라갔다.

"맞네… 네가 작가가 됐다는 소문이 돌던데… 필명은 뭐냐? 내가 너무 바빠서 책 읽을 시간이 없지만 아무튼 뭘 하든지 유명해져라. 그래야 돈을 많이 번다."

진심으로 내가 잘되기를 바라는 마음에서 덕담을 해 주는 것 같기도 하고 나를 가르치려 드는 것 같기도 해 귀로 불편한 상념들이 흘러 들었다. 그는 책 한 권에 몇십만 짯을 받는다는 작가들의 이름을 늘어놨다.

"작가의 성공은 그가 벌어들이는 돈이 아니야. 인기가 많아 유명세를 치르는 것도 아니지. 책을 몇 권이나 찍어냈느냐도 중요하지 않아. 그보다는 문단에 미치는 그의 권위가 어느 정도인가가 더 중요해."

내가 하는 말을 그는 이해할 수 없다고 했다.

"너 뿐만 아니라 많은 사람들이 이해를 못해. 나이가 많든 적든 간에 모든 사람들이 유명하고 부자가 되면 그만이라고 믿으니까 말이야."

"그것이 세상에서 가장 중요한 것 아니야?"

"아니야. 유명세? 돈? 다 영원하지 않아. 성공이라는 관을 머리에 쓰고 돈더미에 앉는 순간 죽어버리는 경우도 있어. 머리에 쓴 관과 주머니 속의 돈이 그 사람이 죽기도 전에 쓰레기통에 버려지기도 해. 내가 이해할 수 없는 것은 왜 그렇게 허망한 것을 위해 사람들이 고통을 감내하느냐는 것이야. 인간은 왜 무언가를 끝없이 가지려고 하는지 모르겠어. 왜 그렇게 욕망이 강한 걸까?"

"그렇다면 이 세상에서 가장 중요한 게 뭔데?"

"그래… 넌 모를 수도 있지. 세상에서 가장 중요한 건 지혜와 품위야. 그런 것들은 사라지지 않기 때문이지. 가치란 무엇으로도 정할 수 없어. 명(明)과 행(行)이라고 하면 네가 이해하기 어려울 거야. 지혜와 선행은 윤회의 괴로움에서 벗어나 피안에 이르게 해주는 것[바라밀(波羅密)]이라서 시간이 지날수록 더욱더 강해지는 속성을 지니고 있지."

그의 얼굴에서 이해하기 어렵다는 표정이 배어 나왔다. 우리는 그저 잠시 마주쳤을 뿐인데 서로 마음이 불편해졌다. 그와 나는 편안하게 소통할 수 없었다. 인간은 자신의 생각과 길만이 옳다고 여기는 생명체다.

아웅밍은 고등학교를 졸업할 당시 대학에 진학할 만한 형편이 아니었다. 그런데 그에게 공부를 시켜주겠다는 사람이 나타났다. 그의 구세주는 동네 신발공장 사장이었다. 그렇게 그는 신발공장 사장의 딸과 결혼을 했다.

신발공장 사장의 딸은 뚱뚱하고 못생겼으며 눈썹도 얇았

다. 묵직한 금목걸이를 차고 다니던 그녀는 그보다 나이가 조금 많은 연상의 여성이었다. 아웅밍이 대학졸업장을 얻기 위해 그 여인에게 자신의 심장을 바쳤다고 말하기는 어려웠다. 왜냐하면 아웅밍에게 심장이 있는지 지금도 확실치 않기 때문이다. 하지만 그가 한 단계씩 높은 곳에 오르고 싶어 한다는 사실만은 확실했다. 그는 출세의 욕망으로 가득 차 있는 사람이었다.

그는 처가의 돈과 좋은 인맥을 이용해 정부부처의 고위직에 오를 수 있었다. 하지만 그는 공직자로서의 삶을 일찌감치 끝내버렸다. 지금은 무역업인가 건설업인가를 하고 있다고 들었다. 개인 주택에서 살면서 고급 승용차도 끌고 다닌다고 했다. 신발공장 딸과의 첫 번째 가정은 무너지고 정부부처의 이사관 딸과 다시 결혼을 했다. 인야레이크 호텔에서 있었던 결혼식에 초청하는 청첩장이 왔었지만 가지 않았다. 결혼 선물도 보내지 않았던 것 같다.

"너는 이 백화점에 왜 왔어?"

내가 물었다.

"내가 아는 선생님이 집을 지었는데 집들이 선물로 드릴 매트를 사러 왔어."

그가 주소 하나를 적어 주면서 "내가 회사를 차렸어. '금계
단'이라고 수출입을 하는 무역회사야. 한 번 들러."

회사 이름을 듣고 웃음이 절로 나왔다. 친구가 아웅밍을
욕하던 말이 떠올랐다.

"그 아웅밍이라는 놈은 사람을 만나면 그 사람의 등에 계
단이 몇 개 있는지부터 보는 놈이야."

우리 둘은 작별인사를 하고 헤어졌다. 그는 자동으로 움직
이는 에스컬레이터를 타고 위층으로 올라갔고 나는 아래층
으로 내려가기 위해 계단이 있는 곳으로 발걸음을 옮겼다.

구멍

"욕심은 아무리 채워도 채워지지 않는
블랙홀과 같은 구멍이잖아."

세상에는 수많은 구멍이 있다. 둥근 구멍, 사각형 구멍 그리고 갖가지 모양의 서로 다른 구멍들이 있다. 형태가 멋진 구멍도 있지만 무슨 모양인지 알 수 없을 만큼 형편없는 것도 있다.

"제가 이상한 구멍을 보았습니다. 선생님, 아주 무섭고 큰 구멍이었어요."

내 앞에 앉아 있는 환자가 한 말이다. 그는 40대 초반에 성공한 사업가였다. 그보다 10살이나 어리고 예쁜 아내와 결혼하여 귀여운 자식 둘(아들 하나, 딸 하나)을 둔 남자였다. 그는 일이란 즐겁고 행복한 것이라고 믿는 사람이었다.

그는 얼마 전부터 꿈속에서 큰 구멍을 자주 본다고 했다. 언젠가 아침에 마당에 나와 정원에서 산책하다가 작은 쥐구멍에 발이 빠진 적이 있었는데 그 일이 있은 뒤 그는 자신이 빠졌던 구멍이 거대하고 무서운 구멍이었다는 망상에 사로잡히게 되었다. 잠도 못 자고 먹지도 못하는 바람에 전문의의 치료를 받게 된 것이었다. 나는 심리치료 전문의로서 특이한 환자들을 여럿 만나봤다. 그들 중에는 천사를 만나고 있다는 사람도 있었다. 하지만 존재하지도 않는 구멍이 보인다고 하는 환자는 그가 처음이었다.

"구멍이 보이면 흙으로 덮어버리세요."

그러나… 그의 말에 따르면 구멍이 얼마나 깊은지 전혀 예측할 수 없다고 했다. 밝고 강한 빛으로 구멍 속을 한참 비쳐보았는데 바닥이 보이지 않았다고 했다. 그래서 흙으로 구멍을 채운들 채워지겠느냐고 반문했다. 나무든 가구든 손에 닿는 모든 것을 다 동원해 채운다 해도 역시 채워지지 않는단다. 이 세상의 모든 구름, 산맥, 바다를 가져다 채워도 다 채울 수 없다는 것이 그의 하소연이었다. 그가 소유한 명예, 재산, 미래, 꿈들까지 다 밀어 넣어도 채워지지 않는다고 했다.

"혹시 『이상한 나라의 앨리스』라는 책을 읽어보신 적이 있나요?"

내가 묻자 그가 머리를 좌우로 흔들었다. 앨리스라는 여자

아이가 나무 아래에 있는 토끼굴 속에 떨어져 신비한 세계로 들어간다는 내용의 이야긴데 그가 이 책을 읽지 않았다면 '구멍'에 대한 그의 '집착'은 어디에서 왔을까?

마침내 그가 조용히 고백했다.

"어릴 때 아버지 말을 듣지 않으면 마당에 있는 물 없는 우물에 갇히는 벌을 받곤 했어요. 어둡고 깊은 우물 안에서 두려움에 떨며 밤을 새워야 했어요."

어린 시절의 상처가 편집증으로 발전하여 집착에 이른 것일까? 그에게 사실대로 명백하게 말해줄 필요가 있었다.

"그 구멍은 실제로 존재하는 것이 아니에요. 다른 어느 누구도 볼 수 없어요."

"선생님… 스티븐 호킹을 아시나요?"

호킹은 우주에 대한 이론으로 유명한 영국의 물리학자다.

"그가 말했잖아요. 우주에는 보이는 것보다 보이지 않는 검은 홀들이 더 많다고."

블랙홀이라고 불리는 검은 구멍은 가까이 지나가는 모든 것을 흡수해버리는데 제일 빠른 속도의 빛마저 흡수해버리는 무서운 구멍이다.

"선생님, 제가 생각해 본 것이 있습니다. 제 생각엔 대기권

밖의 우주 자체가 하나의 아주 거대한 구멍이에요. 우리는 물론 우리의 지구, 다른 행성들, 항성들, 우주들, 은하 그리고 블랙홀까지 모두 거대한 구멍 속으로 떨어지고 있다고 생각하니까 마음이 조금 편해집니다."

"당신이 행복하다면 그렇게 생각해도 됩니다."

이 대화가 그와의 마지막 만남이었다. 그 이후로 그는 다시 오지 않았다. 그리고 6개월 후 놀랍게도 신문에서 그의 부고를 읽었다. 고인의 마지막을 배웅하기 위해 그의 장례식에 갔다.

장례식에 온 사람들이 그에 대해서 수군거리는 소리가 들렸다.

"그를 죽인 것은 욕심이야. 이렇게 부유한데도 욕심을 억제하지 못하고 밤낮없이 일만 해댔으니 건강을 해쳐 쓰러질 수밖에."

"욕심은 아무리 채워도 채워지지 않는 블랙홀 같은 구멍이잖아."

그의 아내가 나를 보고 인사를 했다.

"남편 심장에 작은 구멍 하나가 발견되었어요. 그이는 그것을 작은 홀이라고 불렀어요. 런던에 가서 치료를 하느라 오천만 짯을 지불했는데도 낫지 않았어요. 돌아와서 이주 정도 지나 돌아가셨습니다."

시체를 매장하기 위해 관을 무덤에 넣을 때 난 그 구멍을 똑바로 볼 수 있었다.

'인생이란 어두운 구멍에서 나와 아무도 모르는 구멍 속으로 들어가는 것'이라는 말에 동의하지 않는 사람이 있을까?

굴철

굴 철이면 산맥이 초록색이 아닌 주황색으로 물들었다.
해질 무렵, 하늘이 주황색을 띨 때 세상은 온통 주황색뿐이었다.

모두가 '귤 도시'라고 부르는 우리 도시의 귤 철이 자꾸 떠오른다. 특히 지금처럼 귤이 드문 시절이면 더욱 그렇다. 좀처럼 볼 수 없는 귤을 찾는 질문에 과일 파는 사람들은 시큰둥한 눈빛으로 "귤 철 지난 지가 언젠데요"라고 대답한다. 그렇게 말할수록 달달하고 시원한 귤 맛이 더 그리워진다.

귤이 매우 풍부했던 우리 도시의 귤 철은 꿈속처럼 아름다웠다. 도시를 둘러싸고 있는 사방의 산에 귤 농장들이 산재해 있었고 귤이 풍성하게 열려 있었다. 주렁주렁 달려 있는 귤의 무게에 가지들은 부러질 만큼 휘어 있었다. 나무마다 열매가 풍성해서 나뭇잎이 보이지 않을 정도였다. 귤 철이면 산맥이 초록색이 아닌 주황색으로 물들었다. 해질 무렵, 하늘이 주황색을 띨 때 세상은 온통 주황색뿐이었다.

굴 철이 되면… 도로 곳곳에 굴이 보였다. 쟁반이나 바구니에 굴을 담아 파는 사람, 바닥에 쌓아놓고 파는 사람, 진열장에 넣어둔 채 파는 사람 등 다양했다. 도로변의 노점에서부터 슈퍼마켓 과일 코너까지 굴이 자리를 잡았다. 굴을 잔뜩 실은 대형트럭들이 도시의 도로 위를 자유롭게 누비고 다녔다. (우리 도시의 굴은 어느 지역에 가도 귀한 대접을 받았다.) 이런 철이 되면 누구나 손에 굴 하나씩은 들고 있었다. 스님들이 탁발할 때면 발우 속에 굴이 얹어졌다. 학교에 가는 아이들 가방 속에도 굴이 있었다. 애인들은 서로 굴을 선물했다. 굴 농장에서 일하는 젊은이들의 웃는 모습도 자주 볼 수 있었다. 아이들은 그들이 먹고 난 굴에서 씨를 받아 빈터에 심었다. 그들은 자신들이 심는 씨앗이 굴나무로 성장하여 어느 날 반드시 달달한 굴이 맺힐 것을 믿어 의심치 않았다.

그랬는데…

어느 해인가 굴 벌레가 우리 도시를 덮쳤다. 농약을 뿌려도 소용없었다. 거의 모든 굴 농장들이 망가졌다. 계속 땅으로 떨어지는 굴, 나무 위에서 상한 채 썩어 가는 굴. 결국 농장들이 하나둘씩 문을 닫았다. 몇몇은 도시를 떠났다. 굴 장수들은 무엇을 팔아야 할지 몰라 한숨만 쉬었다. 사과, 슈거

애플, 두리안 등 철 따라 품목을 바꿔가며 판매해 보기도 했다. 고집 센 몇 사람만 다시 귤이 나오면 팔겠다며 손놓고 앉아 있었다. 다른 도시에서 온 농업학자들이 귤 농장들을 살려보려 애를 썼지만 소용이 없었다. 이제는 귤 트럭들이 다니는 것도 보이지 않는다. 귤 없는 도로에 귤 트럭들이 오지 않는 것은 당연한 일이었다. 하지만 우리 도시 사람들에겐 확신이 있었다. 그들의 마음속에는 여전히 귤나무 한 그루씩이 자라고 있었다. 때가 되면 풍성하게 열릴 귤나무가…

* 귤 철은 '사프란 혁명'을 가리킨다. 2007년 미얀마 반정부 시위는 승려들이 주도했다. 붓꽃과 식물인 사프란은 선황색이다. 영국 일간 더 타임스가 동남아시아 승복의 전통적인 색상이 사프란과 같은 선황색이라며 미얀마 반정부 시위를 사프란 혁명이라 불렀다. 띳싸니의 소설 속 공간은 언제나 이중의 상징을 지닐 때가 많다. 선황색 또는 황금색으로 빛나는 감귤은 황금의 나라로 불리는 미얀마를 상징하기도 한다. 양곤에는 세계에서 가장 크고 웅장한 불교사원 '쉐다곤 파고다'가 있는데 '쉐다곤'은 황금을 뜻한다. 미얀마에서 황금빛은 부처의 깨달음을 의미한다. [역자주]

극

망치소리가 들렸다.

그 순간 모든 기억이 되살아났다.

해질녘이었다. 그가 타고 온 고속버스가 작은 도시의 변두리 터미널에 도착했다. 오렌지주스 빛깔로 물든 도시는 고요하고 아름다웠다. 그는 많은 도시를 거쳐 왔다. 그러나 그가 목표했던 목적지에 이르기 위해서는 수많은 도시를 더 지나가야 했다. '날개 부러진 구름'(그의 이름)은 본래 방금 도착한 도시에 내릴 의도가 없었다. 그러나 터미널 가까이에 있는 대장간에서 흘러나오는 망치 소리가 그를 차에서 내리도록 부추겼다. 부러진 날개를 고쳐야 한다는 생각이 떠오르자 차가 출발하기 직전에 내린 것이다. 내리는 순간 그는 여정을 이어가는 것이 중요한지 부러진 날개를 고치는 것이 더 중요한지를 전혀 고려하지 못했다.

작은 대장간으로 그가 들어서자 새빨간 시우쇠를 집게로

잡아 모루에 올리고 망치로 두드리고 있는 노인이 고개를 들어 그를 쳐다봤다. 대장장이는 나이에 비해 건장해 보였다. 그가 빨간 시우쇠를 옆에 있는 냉수에 집어넣고 담금질 하자 작은 대장간은 순식간에 시끄러운 소리와 함께 수증기로 뒤덮였다. '날개 부러진 구름'은 날개를 고쳐달라고 부탁했다.

"내일까지 해 드리지요."

노인의 말은 그뿐이었다. '날개 부러진 구름'은 무엇을 해야 할지 아무 생각도 떠오르지 않았다. 시내 중심가에 가면 먹을 것과 머물 곳을 찾을 수 있을 거라는 막연한 생각만 떠올랐다. 저 멀리 밝게 빛나는 곳이 중심가인 것 같았다. 그의 옆으로 기타를 맨 청년이 다가왔다.

"시내에 가시려나 봐요. 그렇다면 저를 따라오세요."

그는 청년의 자전거 뒷좌석에 몸을 실었다. 청년은…

"'꿈의 성'으로 모셔다드릴게요."

"뭐라고요?"

순간적으로 청년의 말을 이해하지 못했다.

"'꿈의 성'은 이 도시에 있는 유일한 여관이에요. 거기 가면 음식도 있어요."

이 도시의 사정에 익숙한 청년은 그가 낯선 객지 사람임을 즉시 알아챘다.

"제 이름은 '날개 부러진 구름'입니다."

"저는 '무음의 기타'라고 해요."

이 도시에서 청년의 기타 소리를 들은 사람이 아무도 없다는 것을 나중에 알게 됐다. 하지만 청년은 자신의 기타에서 소리가 난다고 주장했다. 마음으로 듣지 않기 때문에 듣지 못하는 것이라고 사람들에게 여러 번 설명해 줬지만 소용이 없었다고 했다.

'꿈의 성'은 별로 화려하지 않은 2층 건물이었다. 건물에 칠한 페인트는 빛이 바래 가고 있었다. 2층에 방들이 있고 아래층은 식당이었다. 주인 여자의 나이는 서른 살 정도 돼 보였다. 얼굴은 그저 그랬지만 몸매는 남자들의 가슴을 뛰게 할 만큼 빼어났다. 3년 전쯤 그녀의 남편이 잠을 자다 심장마비로 세상을 떠났다고 했다. 죽은 남편과 결혼하기 전에 남편이 한 명 더 있었다는데 어떤 사람들은 남편이 두 명이었다고 수군거리기도 했다. 그녀가 그에게 밥상을 차려줬다.

"선생님께서는 며칠 동안 머무르실 건가요?"

"아직 잘 모르겠어요."

그가 맡겨 놓은 날개가 내일 고쳐진다면 내일 바로 떠날 수도 있지만 그는 이 작은 도시를 한번 둘러보고 싶기도 했다.

"이 도시 이름이 뭐에요?"

그녀가 웃으면서 말했다.

"이름이 뭐가 중요해요."

'무음의 기타'는 '꿈의 성'에서 살고 있었다. 그는 그곳에서 온갖 궂은일을 맡아 처리하고 있었다. 청년의 부모는 도시 근처의 광산이 무너질 때 갱도에 갇혀 죽었다고 했다. 그때부터 청년은 '꿈의 성'에 얹혀 살게 되었다고 했다.

다음날 '날개 부러진 구름'은 그곳을 떠나지 못했다. 일주일이 지나도 떠나지 못했다. 한 달이 지나도 떠나지 못했다. (그 땐 이미 주인 여자와 눈이 맞은 상태였다.) 주인 여자에 대해 잘 알지 못했지만 그 도시에 대해서는 더 많은 것을 알게 되었다. 작은 도시는 한때 근처에 있는 금광으로 인해 북적거린 적이 있었다. 이 도시는 금광 때문에 생겨난 도시였다. 하지만 50여 년 전부터 금광에 사고가 많아지기 시작하더니 사람들이 점점 도시를 떠났다. 버려진 도시는 곧 텅 비었다. 갈 곳 없는 사람들만 남게 되었다.

'날개 부러진 구름'은 이 도시에서 여관주인과 살면서 아들 하나, 딸 하나를 낳았다. 아이들은 순박하고 사랑스러웠다.

도시는 고요하고 평화로웠다. 사람들은 내성적이어서 말수가 적었고 목소리조차 크게 내지 않았다. 영화관, 극장, 술집 같은 것들도 없었다.

특별한 일도 일어나지 않았다. 그가 머무는 동안 흥미로운 일이 하나 있긴 했다. 변두리 농장에서 어미소가 머리가 두 개 달린 송아지를 낳은 사건이 그것이었다. 하지만 송아지는 겨우 몇 분 지나 죽고 말았다. 그의 가게 (아니면 아내의 가게)에 매주 일요일마다 저녁 먹으러 오곤 하는 '거꾸로 흐르는 강'과 대화하다가 시내에 도서관이 하나 있다는 사실을 알게 되었다. '거꾸로 흐르는 강'은 도서관 책임자였다. 다음날부터 그는 도서관에서 책을 빌려 읽기 시작했다. 몇 년이 지나자 도서관 책장에 꽂혀 있는 책들을 거의 다 읽고 말았다.

"이제 뭘 읽어야 하나요?"

"도서관엔 다른 책이 없으니 그냥 계속 읽는 수밖에 없어요. 나는 지금 일곱 번째 읽고 있답니다."

"재미있을 거 같지 않은데요."

"거꾸로 읽어 보시죠"라며 그가 아이디어를 줬다. 책을 처음부터 읽지 않고 끝에서부터 앞쪽으로, 거꾸로 읽어가는 방법이었다.

"그렇게 읽어본 적 없죠? 어느 누구도 느껴본 적이 없는 맛을 느끼게 될 겁니다."

'날개 부러진 구름'은 거꾸로 책을 읽고 나서 도서관장에게 동의하게 되었다. 정말 재미가 있었다. 그거라도 하지 않으면 그에게 또 다른 할 일이 없었다. 가게 일은 모두 아내와 '무음의 기타'의 몫이었다. 둘 사이 또한 보통 같지 않았다. '무음의 기타'의 방에서 아내가 나오는 것을 두세 번 목격했다. 하지만 그는 대수롭지 않게 여겼다. 이 도시에서 중요한 일이라고는 없는 거나 마찬가지였다. 그리고 그의 의심이 틀렸을 수도 있었다. 왜냐하면 얼마 지나지 않아 아내와 '거꾸로 흐르는 강'이 도망을 갔기 때문이다.

그 후 여러 해가 지나갔다. 그의 아들과 딸이 다 커서 '꿈의 성'을 잘 경영할 수 있는 나이가 되었다. '무음의 기타'가 그들을 도왔다. '꿈의 성'에서 '날개 부러진 구름'이 할 일은 딱히 없었다. 그래서 '거꾸로 흐르는 강'이 버려둔 도서관에서 시간을 보냈다. 그렇게 그는 자신도 모르는 사이 도서관의 새로운 사서가 되었다. 할 일이 없을 때마다 도서관에서 책을 읽었기 때문에 끝에서부터 거꾸로 읽는 방식으로도 모든 책을 죄다 읽고 말았다. 그래서 최근엔 책의 위와 아래를 바꿔 놓고 읽기 시작했다.

어느 날 예쁜 여자가 책을 빌리러 왔다. 변두리 꽃 정원에 사는 설화라는 이름의 여인이었다. 여인은 일주일이 지났는데도 책을 반납하지 않았다. (그는 여인이 빌려간 책 제목이 기억나지 않았다. 하지만 책 제목이 중요한 것은 아니었다.)

어느 날 여인이 준 주소를 들고 길을 나섰다. 책을 돌려받기 위해서라고 핑계를 댔지만 실은 여인을 한 번 더 보고 싶은 마음이 컸다. 가는 길에 대장간 앞을 지나게 되었다. 망치 소리가 들렸다. 그 순간 모든 기억이 되살아났다. 수십 년 전 해질 무렵 고속버스에서 그가 내렸고 이 대장간에 부러진 날개를 맡겼다는 것을.

대장간으로 들어서자 대장장이는 그를 보면서…

"자네… 왔는가?"

"세월이 많이 흘렀네요."

"시간이 뭐 중요한가… 자네가 맡긴 날개는 다 고쳐 놓았네."

'날개 부러진 구름'은 "네"하고 대답했지만 모든 것이 갑자기 무의미하다는 생각이 들었다. 그는 작은 도시에서 아무도 모르게 사라졌다.

기침하면 5짯

딴차웅의 제안을 아웅또는 까딱하면 수락할 뻔했다.

환하게 불을 밝힌 아이스크림 차 한 대가 높은 엔진 소리를 토해 내며 빠르게 지나갔다. 엔진 소리가 멀리 잦아들 무렵 찻집에서 틀어놓은 카세트에서 노래 소리가 작게 흘러나왔다.

아웅또는 인도 위 낮은 의자에 앉아 있는 미무에게 시선을 옮겼다. 미무는 그가 보이지 않는 것 같았다. 카세트에서 흐르는 메이칼라의 노래에 맞춰 식탁 밑에서 그녀가 한쪽 다리를 까닥였다. 그녀는 노래에 빠져들고 있었다. 그녀의 발을 감싸고 있는 빨간색 싸구려 구두와 함께 밤이 흔들리고 있는 듯했다.

"녹차 나왔어요."

아이의 목소리에 그가 깜짝 놀랐다. 가만히 서서 멍 때리던 상황을 생각하며 아웅또는 절로 미소를 지었다. 아이가 건네주는 녹차 주전자를 받아들고 찻집을 나섰다. 그가 일하는 임시경비실에 앉아 그는 긴 한숨을 내쉬었다. 코끝의 뜨거운 바람과 함께 흘러나온 불쾌한 기분이 밤을 짙게 얼룩지게 했다. 무슨 밤이 이따위일까? 하늘엔 별 한 송이 보이지 않았다. 11시쯤 되었을 것이다. 아웅또 같은 야간경비원들은 경험이 많아 추측한 시간이 잘 틀리지 않는다. 한 시간 정도 더 있으면 찻집이 영업을 마감할 것이다.

도시의 다른 수많은 길거리 찻집들처럼 이 찻집에도 멋진 이름이 있다. '백만장자 찻집'이라는 이름이 그것이었다. 찻집 주인은 대중작가 삐모닝의 팬인 것 같았다. 저녁 6시에 문을 열고 밤 12시에 문을 닫는 일종의 야간 찻집이었다. 그 찻집은 불을 켜고 카세트를 작동시키는 데 필요한 전기를 아웅또가 지키고 있는 건물에서 몰래 따다 쓰고 있었다. 물론 아웅또의 허락 하에 몰래 사용했다. 그 대가로 찻집 주인은 아웅또에게 매일 현찰 2짯과 밀크티 한 잔을 주었다. 녹차는 원하는 대로 마실 수 있었다.

(실은 이렇게 전기를 몰래 팔 수 있는 권한이 그에겐 없다. 오히려 건설 중인 이 건물에서 먼지 하나, 물 한 방울 사라지지 않도록

지키는 것이 그의 임무였다. 하지만 그는 이 건에 대해서만큼은 조금도 양심에 가책을 느끼지 않았다. 저 위의 건설업자에서부터 건축기사들과 십장들 심지어 노가다를 하는 인부들까지 이 건물을 지으면서 바람직하지 않은 짓과 연관이 없는 사람은 아무도 없었다. 다 자기 방식대로 자기의 양심에 얼룩을 만들며 살아가고 있었다. 건설업자는 그렇게 벌어들인 돈으로 첩을 셋씩이나 뒀다고 한다. 그러나 아웅또는 그런 식으로 낭비하려고 돈을 쫓는 것이 아니었다. 다섯이나 되는 가족을 굶기지 않기 위해 하는 짓이기에 나름 양심에 거리낌이 없다고 생각했다.)

얼마 전, 물이 부족할 때 물도 몰래 팔았다. 그가 지키는 건물 근처에는 4층 건물들밖에 없었다. 전기가 나가면 위층으로 물을 끌어올릴 길이 없었다. 가끔 전기가 끊어지면 어떤 집들은 세수할 물조차 구하기 어려웠다. 하지만 아직 건설 중에 있는 아웅또의 건물은 물이 부족할 일이 없었다. 모터 펌프로 물을 끌어올려 탱크를 항상 채워 놓았기 때문이다. 물이 부족할 때면 동네 물장수들에게 아웅또가 물을 팔았다. 물장사하는 사람들이 얼마를 받고 되파는지 모르지만 아웅또에게서 물수레 하나에 7짯을 주고 서로 경쟁하듯 물을 샀다. 3일 밤 만에 200짯 넘게 건진 적도 있었다. 그렇게 해서 아내가 출산할 때 2부 이자를 주고 빌린 100짯을 갚을 수 있었다. 그런데 지금은 물이 부족하지 않으니 문제였다.

한 번은 돈이 아주 급하게 필요했다. 그때 마침 딴차웅이 일거리를 제안해 왔다. 까놓고 말해서 딴차웅은 포주다. 좋지 않은 일을 하는 여자들을 관리하는 사람이다. 아웅또가 지키는 이 건물은 사거리에 자리하고 있었다. 밤이 되면 좋지 않은 일을 하는 여자들이 이곳으로 모인다는 사실을 그는 출근하기 시작하고 나서야 알게 되었다. 밤 8시쯤 되면 아가씨들이 집합소에 모였다. 아웅또의 경비실에 앉아 있으면 그들이 일하는 모습을 다 볼 수 있었다. 가격 흥정하는 모습, 손님 꼬시는 모습, 차를 따라가는 모습, 새벽에 정분을 나누느라 시끌벅적해지는 모습까지 모두 볼 수 있었다. 도로변 수도꼭지에서 세수한 후 입고 있는 타메인[미얀마 여성용 전통 치마]으로 얼굴을 닦는 여자도 보았다. 사람들 앞에서 포주의 빠쏘[미얀마 남성용 전통 하의]가 벗겨지도록 몸싸움을 하는 여자들도 보았다. 자기들끼리 이름을 부르며 이야기를 나누곤 했기 때문에 아가씨 몇 명은 얼굴을 보면 이름을 맞힐 수 있었다. 딴차웅이나 낯익은 아가씨들을 찻집에서 만나면 잠시 대화를 나누기도 했다. 아웅또가 지키고 있는 건물에 완성된 빈

방이 많았기에 딴차웅은 그들이 하는 일에 사용할 수 있도록 방 하나를 임시로 빌려달라고 했다.

"재우기만 할게요, 형님. 절대 달래진 않을게요. 제가 50짯 드린다니까요."

'재우기만 한다'는 것은 은어로 일이 한 번 성사된다는 말이었다. '달랜다'는 오래 걸린다는 뜻이었다. 한 시간 정도만 모르는 척 눈감아 주면 손쉽게 50짯을 버는 일이니 욕심을 낼만 했다. 곧 아내의 출산일이 다가오는데 그의 손엔 출산 비용이 없었다.

"형님 자리가 안전해서 그래요. 형님 물건들 중에서 모래 한 알 사라지지 않게 제가 책임질게요. 우리는 우리가 할 일만 하는 사람들이에요."

딴차웅은 망설이는 그를 보고 충분히 이해한다는 듯 자신이 책임진다는 말을 열심히 강조했다. 건설 중인 건물이니 벽돌, 모래, 자갈, 시멘트, 나무, 쇠붙이들이 여기 저기 쌓여 있었다. 그 자재들이 도난당하지 않도록 건물 둘레에 키 높이 정도의 담을 치고 나무 문짝을 설치해 놓았다. 낮에 일한 인부들이 퇴근한 후에는 아웅또의 허락 없이는 아무도 건물 안으로 들어올 수 없었다.

건물은 위층에만 불을 켜 놓는다. 아래층에는 불이 없었다. 캄캄한 아래층은 구석을 필요로 하는 사람들이 탐낼 만한 곳이었다. 딴차웅의 제안을 아웅또는 까딱하면 수락할 뻔했다. ('아무도 모를 텐데' 따위의 생각을 뜯어 고치지는 못할망정) 양심에 걸리는 짓을 할 수는 없었다. 이번 건은 물과 전기를 몰래 파는 것과는 달랐다. 그래서 그는 결국 단호히 거절했다. 그 후 딴차웅은 포기한 듯 다시는 그 말을 꺼내지 않았다.

가끔은 그 일을 받을 걸 그랬다며 후회를 하기도 했다. 그가 지키는 건물이 점차 윤곽을 드러내기 시작했다. 두 달 후 완성되면 관계자들에게 넘겨준다고 했다. 그러면 일당을 받고 일하는 임시 경비원인 그는 실업 상태로 돌아가게 된다. 건설업자는 새로운 프로젝트를 시작하고 또 다른 첩들과 언제나처럼 잘 지낼 것이다. 하지만 다음 프로젝트에서도 아웅또에게 일감이 들어올지는 확실하지 않았다.

그렇기 때문에 딴차웅이 돈을 벌 수 있는 기회를 제안했을 때 받아들였으면 좋았을 뻔했다. 특히 지금처럼 돈이 절실할 때는 더욱 후회가 되었다. 아내가 둘째 아들을 출산한 후 몸이 약해졌고, 셋째를 출산할 땐 아예 모유가 나오지 않아 비싼 '루예춘' 분유에 기대야 했다. 집에 쌀이 떨어지더라도 아이의 분유가 떨어지게 할 수는 없었다. 지금 먹고 있는 분유가 떨어져 간다고 아내가 말한 지도 벌써 사흘이 지났다. 손에 돈이 넉넉하지 않기에 "어"라고 빈말만 해 놓고 대충 넘어갈 수밖에 없었다. '루예춘' 분유 한통이 40짯. 보통 60짯이 넘는데 그나마 떨어진 가격이 40짯이나 됐다.

"오빠… 오빠…"

부르는 소리에 그의 생각이 끊어졌다. 문 앞에 서 있는 미무가 보였다. 미무도 가끔 그와 말을 나누고 지내는 아가씨들 중 한 명이었다. 밝은 피부색에 날씬한 몸매를 가진 여자였다. 작고 단단한 몸집, 보호본능을 자극하는 그녀는 아가씨들 중 슈퍼스타였다. 다른 여자들처럼 입이 거칠지도 않았다. 돈이 조금만 넉넉하다면… 아웅또는 머릿속으로 한두 번 상상해본 적도 있었다.

"나랑 친구들이랑 안에 잠깐 숨겨 주세요. 순찰이 오고 있어서요."

미무의 뒤쪽으로, 조금 떨어진 어둠 속에 아가씨들이 서 있는 것이 보였다. 아웅또를 바라보는 그녀들의 눈빛은 두려움에 쌓여 말똥거리고 있었다.

"오빠 제발요. 한 사람당 3짯을 드릴게요. 15분 정도만 있다 갈게요."

한 사람당 3짯을 준다는 미무의 말이 아웅또의 마음을 흔들었다. '루예춘' 분유, 미무, 삐모닝의 책, 아이스크림 차, 40짯, 별이 없는 밤, 메칼라의 노래.

"오빠가 도와주지 않으면 우리 큰일나요. 도와주세요, 오빠. 덕을 베푸는 일이기도 하잖아요."

"니들 몇 명이야?"

미무에게 물어보는 자신의 목소리가 약간 떨리고 있다는 것을 아웅또는 느낄 수 있었다. 미무는 기쁨에 찬 목소리로 여섯 명이라고 대답한 뒤 어둠 속 아가씨들에게 손짓으로 신호를 보냈다. 아웅또에게서 허락을 받았다고 자기 스스로 판단한 것 같았다.

아웅또가 문을 열면서…

"빨리 들어와, 빨리."

안으로 서로 먼저 들어가려고 서두르는 아가씨들을 놓치지 않고 세어보았다. 그리고 아래층의 어둔 방 한 칸에 함께 모여 앉아 있게 했다. 해보지 않았던 일을 하게 돼서인지 가슴이 심하게 떨려왔다.

불안한 마음을 추스르며 입구 쪽으로 돌아왔다. 반대편에 정차해 있는 순찰차가 보였다. 몸을 다시 돌리자 문 앞에 무언가가 발에 걸렸다. 고개를 숙여보니 줄 끊어진 빨간 구두 한 짝이 눈에 들어왔다. 조금 전에 메이칼라의 노래에 박자를 맞추던 다리 한 짝이 떠올랐다. 아웅또는 얼른 샌들을 벗어 발가락으로 구두를 집어 길가 하수구에 떨어뜨렸다. 그리고 성급히 문을 닫았다.

미무와 친구들이 숨어 있는 방 쪽으로 아웅또가 다가가자 미무의 목소리가 들렸다.

"애들아, 우리 오빠한테 새 지폐만 골라주자, 알았지?"

방이 어두워서 그들이 안 보였다. 그러나 캄캄한 방안에 아가씨 여섯 명이 있다는 사실을 그는 알고 있었다. 한 사람당 3짯, 여섯 명이니까 18짯. 그가 가지고 있는 15짯을 더하면 33짯. '루예춘' 분유가 한통에 40짯. 돈이 조금 더 필요했다.

지금 그는 놀랄 만큼 진지해져 있었다. 아웅또가 어둠 속을 바라보며 말했다.

"순찰차 아직 있다. 다들 조용히 앉아 있어. 일어서지 말고 기침하지 말고. 일어나면 5짯, 기침하면 5짯이다."

꿈속의 꿈

사과를 한입 베어 물었다.
맛은 아담이 하나님의 계명을 어겼을 때처럼
황홀하고 달달했다.

꿈이라는 놈은 조금 엉뚱하다. 놈의 얼굴을 보면 구름을 보는 것 같다. 곁눈질로 빤히 보고 있는데 자꾸 변한다. "나랑 체스를 두자. 내가 지면 폴란드를 줄게"라고 말할 때는 히틀러를 닮았다. 거봐⋯ 지켜보는 도중에 찰리 채플린으로 변하면서 "내 지팡이 봤어?"라고 묻는다. "난 아무것도 몰라"라고 대답하자 "그건 루이 16세가 한 말이지"라고 꾸짖는다. 그새 사냥꾼 앨런 쿼터메인의 모습으로 변해 있다. 정확히는 앨런 쿼터메인 영화에 등장하는 배우 리처드 체임벌린의 모습이다. 그가 "내가 죽인 사자가 99마리나 된다"라고 말하자 "내가 죽인 모기보다 적네"라고 내가 대답했다. "모기들이 사자보다 더 많은 바이러스를 옮기지 않을까?" 그렇게 말하자 놈의 얼굴이 존 레논으로 변했다. 그리고 순식간에 마하트마 간디가 되고, 프랑켄슈타인이 되고, 데이비드 베컴이 되고, 구로사와 아키라가 되고, 율리우스 카이사르가 되고.

참… 그가 입고 있는 바지는 내가 잘 아는 브랜드다. 내가 17살 때쯤 옷 가게에서 봤는데 돈이 없어 살 수 없었던 리바이스 청바지가 틀림없었다. 작은 단추 하나까지 정확히 기억한다. 그가 '브이' 담배를 건네줬다. 나는 40여 년 전에 이 담배로 담배를 배웠다. 그때는 어느 꿍야[미얀마 전통 잎담배] 가게에서건 한 개비에 5빠만 주면 살 수 있었다. 지금은 어느 담배 가게에서도 찾을 수 없다. 내가 담배를 끊은 지 오래되긴 했나보다. 그는 담배를 입꼬리에서 떨어질 듯 말듯 살짝 물고 피웠다. 제임스 딘이나 저킨[미얀마 미남 배우]이 피우는 스타일이다. 나도 흉내를 내봤다. 한두 모금 피우고 나자 정신이 들었다. "참… 나 담배 끊었는데"라고 하자 그가 "괜찮아. 어차피 꿈인데 뭐"라고 했다. "당신 누구야?"라고 묻자 "나는 꿈이야"라고 했다. 이제야 그자가 꿈이라는 사실을 알게 되었다. 아니, 내가 꿈을 꾸고 있다는 사실을 깨달았다. 그런데 그것도 아닌 것 같다. 내가 꿈을 꾸고 있는 것 같지 않았다. 꿈이라는 자가 왜 내 꿈속으로 와 있는 거지? 꿈이 꿈을 꾸는 걸까? 내가 꿈을 꾸는 걸까? 내 꿈속으로 꿈이 들어온 걸까? 꿈의 꿈속으로 내가 들어간 걸까?

꿈이라는 자와 만난 것은 확실하다. 그가 "우리 루브르 박물관으로 가자"라고 말했다. 사실은 나도 예술에 관심이 많았다. 미술학교 지원서를 아버지가 찢어버리지만 않았다면 지금 아마추어 화가 정도는 되어 있을 것이다. 나는 오케이 하고 따라 나섰다. 하지만 우리가 실제로 도착한 곳은 태양의 둘레를 공전하는 어떤 행성이었다. "여긴 어떤 행성이지?" 내가 묻자 "예술이 존재하지 않은 행성"이란다. "당신 말과 행동이 다르잖아"라고 하니까 "난 꿈이잖아"라고 대답한다. 화가 나서 그의 얼굴에 주먹을 날리자 그가 종려나무로 변해 버렸다. 그러고 나서 도착한 곳은 상당히 아름다웠다. 푸른 잔디 옆 파란 강물에 노란 달이 수영하고 있었다. 수영하는 달이 마오쩌둥일 수도 있었다.

"우리 오마르 하이얌을 불러서 한잔하자"라고 그가 말했다. 내가 "마옹처붸와 미에칫뚜도 부르면 좋겠는데"라고 말을 하자 그가 "이 자식이 그 두 놈을 합쳐 놓은 것과 비슷해"라고 한다. 오마르 하이얌은 오지 않았다. 그는 아마 볼리비아에 혁명을 일으키러 떠난 것 같다. 내 옆에서 꿈이 사라졌다. 대신 미인 한 명이 와 있었다. 그의 얼굴은 킨메이

아웅을 닮았다. 킨메이아웅은 야간학교를 다닐 때 내가 좋아했지만 내게 관심이 없었던 여학생이었다. 내 옆의 미인은 소피아 로렌의 몸매를 가졌지만 실제 킨메이아웅은 작고 마른 편이었다.

　(킨메이아웅의 얼굴과 소피아 로렌의 몸매를 가진) 그가 나에게 라임을 까준다. 이 시점에서 꿈은 미얀마 영화의 영향에서 벗어나지 못하는 것 같았다. "오렌지가 참 맛있네, 당신이 먹여주니 더 맛있어"라고 속삭이는 '플레이보이 딴나잉'의 노래가 배경음악으로 흐른다. 그녀의 부드러운 손가락이 닿아서 그런지 라임이 달다. "어때? 입이 달지 않아?"라고 말하는 자는 짠씻따 왕[미얀마 최초 통일제국인 바간의 제3대 왕, 1084-1113]이다. "우리 바간으로 온 거야?"라고 하니까 그가 "어디도 아니고 꿈속이야"라고 답한다. "꿈은 꿈인데 꿈속에서는 꿈이 아니지?"라고 묻자… 그가 "꿈속에서는 꿈이 아니지만 결국 꿈은 꿈이야"라고 한다. 자… 복잡하지 않은가?

　그래서 대백과사전에서 꿈풀이를 찾아보려고 바지주머니에서 책을 꺼냈는데 지그문트 프로이트가 나왔다. 프로이트는 "꿈은 억제된 욕구 충족의 수단"이라고 했다. 내가 손에 꽉 쥐고 있는 병에는 탈출구가 없다. 나는 땀에 젖어 있다.

그가 사과 하나를 주면서 말한다. "이거 에덴동산에서 가져온 거야." "그만해. 이거… 꿈속에서 가져온 거거든." 나는 말하면서 사과를 한입 베어 물었다. 맛은 아담이 하나님의 계명을 어겼을 때처럼 황홀하고 달달했다.

누군가 내 손에 있는 사과를 빼앗았다. 나폴레옹이군. 이놈은 사람들 앞에서 내 자존심을 건드린 적이 있다. 이 놈이 내 꿈속으로 들어올 수 있도록 누가 비자를 내줬는가? 내 손에 있는 사과가 순식간에 총으로 변하자 난 총알이 떨어질 때까지 쏴버렸다. 그런데 나폴레옹이 아무렇지도 않은 모습으로 내 앞에 앉아 웃고 있다. 그의 웃음소리는 베토벤의 레코드판을 거꾸로 틀면 나오는 소리 같았다. 모든 것이 사라지고 내 앞엔 아무것도 존재하지 않았다. 레코드 한 장만 남아 있었다. 햇볕은 아주 뜨거웠다. 나무 밑의 그늘이 긴 꿈을 노래하게 했다. 꿈속과 꿈밖이 있다면 이 노래를 꿈의 밖에서 들었을 가능성이 많다.

이것이 모두 꿈이다. 뜨거운 태양은 꿈, 나무도 꿈, 저기 날아가는 새도 꿈, 공기 속에 퍼져 있는 백장미의 향기도 꿈, 레코드판을 거꾸로 틀면 나오는 소리도 꿈, 사랑과 미움도 꿈, 꿀과 눈물도 꿈, 희망과 절망도 꿈, 있었던 일들과 있지 않았던 일들도 꿈. 모든 것이 꿈이라면 나도 꿈인 것이겠지.
그리고 꿈도 결국 꿈이지.

나비

나비는 닫힌 유리를 통과해 밖으로 나가기 위해
밤새 열심히 날개를 저었을 것이다.

그날 이른 아침, 잠에서 깨어난 꼬봉원은 그의 책상 위에 죽어 있는 나비 한 마리를 발견했다. 그것은 그가 사는 도시에서 곧 일어날 특이한 사건의 서막에 불과했지만 당시에는 결코 알 수 없었다. 사실 죽어 있는 나비 한 마리를 발견한 것이 대단히 특별한 일은 아니었다. 나비들은 미얀마 곳곳에서 서식하기 때문에 죽은 나비를 발견하는 것은 어디에서고 일어날 수 있는 일이었다. 그래서 꼬봉원은 이 일을 예사로 생각하고 죽은 나비를 집어서 창문 밖으로 던져버렸다.

　나비는 검정색이었다. 검정색은 그가 싫어하는 색깔, 못마땅해 하는 색깔이었다. 책상 위에는 어젯밤에 읽었던 프랑스 시인 보들레르의 『악의 꽃』이 펼쳐져 있었다. (200년 전에 쓰였던 상징주의의 대표적인 시집이다.) 나비가 그 책 위로 떨어져

서, 아니 그 책 위에 누워서 죽어 있었다. 나비는 낮에 길을 잃고 그의 방으로 들어와 밤새도록 탈출을 시도하면서 방안을 쉼 없이 빙빙 돌았을 것이다. 어젯밤엔 달이 유난히 빛났다. 잠들기 전에 금빛으로 반짝이는 밤의 대기를 잠시 느껴볼 수 있었다. 창문 밖의 아름다운 밤이 나비를 유혹했으리라. 나비는 닫힌 유리를 통과해 밖으로 나가기 위해 밤새 열심히 날개를 저었을 것이다. 그 나비는 창문 유리를 그의 부드러운 날개로 끊임없이 두드리다 탈진하여 심장이 멈춘 것일까. 어젯밤 (나비가 필사적으로 탈출구를 찾던 그 시간에) 자신은 어떤 꿈을 꾸고 있었을까.

　날이 밝아서야 『악의 꽃』 위에 죽어 있던 그 나비가 발견됐다. 하지만 꼬봉원은 대수롭지 않은 그 일을 세수하고 양치하는 동안 깨끗이 잊었다. 그의 의식은 한 달 전쯤에 뽑아버린 그의 오른쪽 어금니에 가 있었다. 어금니가 사라졌기 때문에 딱딱한 음식은 왼쪽 어금니로 씹고 있었다. 그보다 더 짜증나는 것은 안에서 받쳐줄 이가 없었기 때문에 오른쪽 볼이 왼쪽만큼 탱탱하지 않다는 사실이었다. 어금니가 없는 노인들의 쑥 들어간 볼이 떠올랐다. (그는 아직 마흔 살도 되지 않았다.) 그는 치아가 뽑힌 자리에 새로운 치아를 이식하려고 상담도 해 보았다. 치과의사가 인공치아를 만들어 입에 넣어 보라고 주었다. 4, 5일이 지나 자리를 잘 잡으면 영구적인 치아 이식에 들어간다고 했다. 그는 집에 돌아오자마자 입안에서 걸리적거리는 그 인공치아를 뽑아 서랍에 던져버렸다. 치과에도 다시 가지 않았다. 길에서 의사랑 마주쳤을 때 의사가 왜 다시 내원하지 않느냐고 물어오자 "가짜는 다 싫어요"라고 말해버렸다. 그 말을 의사가 이해했는지는 모르지만 그는 더 설명할 의무를 느끼지 않았다.

아침마다 가는 '여름, 우기, 겨울' 찻집에 꼬봉원이 도착했을 때 자신보다 먼저 도착한 꼬민쉐가 인상을 쓰고 벽을 향해 등을 돌린 (그가 항상 앉는) 의자에 앉아 있었다. 꼬민쉐는 그들 그룹에서 드물게 고학력자라 할 수 있는 인물이었다. 변호사 자격을 가지고 있지만 한 번도 누구를 변호하는 것을 본 적은 없다.

그는 "먹고 살려고 학위를 딴 것이 아니에요. 오직 명예를 위해서 땄어요"라고 입버릇처럼 말했다. 그는 가난한 부모 밑에서 태어난 공부 잘하는 아들이었다. 그가 고등학교에 합격했을 때 대학에 진학할 가능성은 전혀 없었다. 그의 처지를 잘 아는 돈 많은 신발공장 사장이 그가 대학에 다닐 수 있도록 후원해줬다. 그런 그는 신발공장 사장에게 약속을 해야했다. 졸업하면 사장의 (그보다 나이가 많고 못생긴) 딸과 결혼하겠다는 약속이었다. 그렇게 그는 학위를 받을 수 있었다. 하지만 그 학위를 위해 포기한 것은 너무도 많았다. 포기해버린 것들 중엔 청춘의 꿈도 있었다. 정말 안 좋은 것은 사랑 없는 결혼 그 자체였다. 돈이 많다는 것만으로 거만하게 권위를 앞세우는 아내와 자꾸 옥신각신 싸우게 되는 것 역시 견디기 힘들었다. 그 스트레스를 풀기 위해 술을 동지로 삼았다가 그는 알코올 중독자가 되었다. 그의 눈은 거의 매일 사나운 사람처럼 빨갛게 충혈되어 있었다. 그는 아침마다 우유를 넣지 않은 블랙커피에 생달걀 하나를 넣어서 마셨다. 꼬봉원은 그의 옆에 앉으며 물었다.

"아내랑 싸웠어요? 아니면 탈락한 당신의 시들이 되돌아와서 그래요?"

꼬민쉐는 껄끄러운 표정을 지으며 말했다.

"그런 일은 저한테 그렇고 그런 거에요… 지금 화가 난 이유는 다른 데 있어요."

"뭔데요?"

꼬민쉐는 마음이 상한 듯한 목소리로

"방금 제가 받은 커피 안에 무엇이 들어 있었는지 알아요?"

그가 역질문을 해왔다. 꼬봉원이 모르겠다고 머리를 가로 젓자…

"나비요."

또 나비구나.

"나비라고요?"

이건 질문이 아니라 하나의 감탄사였다.

"네. 나비요. 이런 일은 드물어요… 하지만 이러면 안 되는 거 아니에요? 이 집은 단골손님들에게 좀 더 신경 써야 한다는 걸 잊은 거 같아요."

꼬민쉐가 화를 내고 있었지만 꼬봉원은 좌우로 고개를 저으며 나지막한 목소리로 물었다.

"그 나비 죽어 있었나요?"

꼬민쉐가 어이없다는 표정을 지으며

"이리 뜨거운 커피 속에 들어간 나비인데… 살아 있을 수 있겠어요. 하지만 커피 속에 빠지기 전부터 죽었을 가능성도 있어요."

"그게 더 맞을 수 있어요."

두 남자 옆으로 다가온 세 번째 인물, 꼬에원이 말했다. 그는 연기가 모락모락 피어오르는 담배 한 대를 입에 문 채 빈 자리에 앉으면서…

"내가 마시는 우유 안에 그런 나비가 들어 있기만 해봐…. 주인장 대머리를 내 쌍지팡이로 깨뜨려버릴 테니"라고 말했다. 이어서 보이에게 손짓을 하며 "우유 한 잔!"이라고 소리질렀다. 꼬민쉐는…

"왜 그렇게까지 심하게 말해요?"

그는 "여기 오는 길에 사람들이 떠드는 소리를 들었는데, 죽은 나비가 여기저기 곳곳에 보인다고 하더라고요." 그는 무심하게 말했다. 꼬에윈은 신중히 생각하는 법이 없고 아무것에도 크게 관심을 보이지 않는 사람이었다. 그는 순수한 미얀마 사람 그 자체였다. 그의 아내 역시 전형적인 중국인이었다. 그는 한때 대학을 나온 것처럼 소문이 났었다. 그러나 사람 생김새가 워낙 까칠해서 배운 사람 같지가 않았다. 돼지도살 자격증을 딴 뒤 부유해지자 하루에 20개비씩 들어 있는 담배를 두 갑이나 피워댔다. 그는 담배와 도스토옙스키의 소설을 몸매가 예쁜 그의 중국인 아내보다 더 좋아했다. 결국 그는 과한 흡연으로 혈관이 좁아지는 병을 얻어 작년에 한쪽 다리를 잘라야 했다. 그는 지금 쌍지팡이를 짚고 다니며 좁은 혈관 때문에 생긴 나머지 한쪽 다리의 고통마저 힘들게 견디고 있었다. 그러나 꼬에윈은 고집이 센 사람이었다. 그는 남은 다리 한쪽마저 자르는 한이 있더라도 담배를 끊을 생각이 없었다.

그들 식탁에 마지막으로 도착한 사람은 꼬제야였다. 삭발한 머리에 파인 흉터가 듬성듬성 보이는 얼굴의 꼬제야는 순진한 남자였다. 그는 승려전문교육을 받던 시절 고등과정에 진학하기 위해 치르는 시험에 합격할 만큼 열심히 공부를 한 사람이었다. 마침내 서로 다른 인생을 살고 있는 평범한 남자 네 명이 한자리에 모였다. 취미도 성격도 맞지 않지만 우연히 이 찻집에서 만나 우정을 나누게 된 사이였다. 예를 들어, 꼬봉윈은 연하고 고소한 밀크티를 마시고, 꼬민쉐는 진한 커피를, 꼬에윈은 우유를, 꼬제야는 달고 진한 밀크티를 마신다. 이처럼 서로 다른 취향을 가진 탓에 서로의 마음이 끌렸는지도 모른다. 그들은 아침마다 이 '여름, 우기, 겨울'이라는 이름의 찻집에 모여 꾸준히 만남을 이어왔다.

꼬에윈은 돼지 한 마리가 숨이 끊어질 때까지 어떻게 해야 하는지를 자세히 설명하곤 했다. 장대에 묶은 바요넷을 날카롭게 갈아 왼쪽 갈매기살 부위(신체에서 앞다리와 몸이 연결되는 부위, 그곳에 심장이 있다.)를 능숙한 손놀림으로 쑤시기만 하면 된다고 했다. 그러면 돼지는 읍! 단 한차례 소리를 내지르고 쓰러져 죽는단다. 돼지 잡는 사람이었던 그는 결국 돼지부자의 딸을 만나 결혼했다. 피쟁이(도살을 하는 인부)들이 있는데도 불구하고 그는 지금도 가끔 (그의 말에 따르면 심심풀이로) 돼지를 잡는단다. 담배를 아주 좋아하는 그는 담배 외엔 다른 돈 낭비를 하지 않았다. 하루에 담배 두 갑을 피우며 영국 고전 소설을 읽는 것이 그의 낙이었다. 사실 그의 인생은 독서와 별 인연이 없다고 할 수 있다. 그는 학교를 다니지 않았다. 대신 어릴 때 영국 혼혈 어르신과 이웃에서 오랫동안 살면서 그 어른한테 영어를 배워 소설을 읽을 수 있었다. 결혼하기 전까지 그는 어르신한테서 많은 책을 빌려 읽었다. 그가 제일 좋아하는 작가는 러시아의 도스토옙스키였다. 그는 꼬봉원 다음으로 외국문학을 많이 접했다. 대학 나온 꼬민쉐 보다도 오히려 지식이 더 많았다.

꼬민쉐는 인생에 항상 가슴 아파하는 사람이었다. 술에도 중독되어 있었다. (대학교 재학 시절 그는 사랑하는 여자를 만났지만 그에게는 이미 졸업하면 결혼하기로 약속한 여자가 있었기에 사랑하는 여자를 포기해야만 했다.) 꼬민쉐는 생김새도 곱상하고 업도 많아서 여자관계가 복잡한 편이었다. 그는 총각들이 들으면 좋아할 만한 −자신의 경험이 담긴− 은밀한 스토리를 많이 알고 있었다. 그는 아내 외에 그가 관계했던 여자들에 대한 이야기를 남김없이 자세히 털어 놓곤 했다. 꼬봉원은 꼬민쉐 앞에서는 들어주는 척했지만 뒤에서는 욕을 해댔다. 꼬민쉐가 쓰는 시도 수준이 낮다고 흉봤다. 이번 생에는 시인이 되기 글렀다고 평한 적도 있었다.

꼬봉원은 꼬민쉐처럼 성적인 이야기를 내세워서 말문을 트지 않았다. 그의 어릴 적 애인이 다른 남자와 결혼을 하자 그는 인생에서 사랑이라는 항목을 제외시켜버렸다. 그는 재벌 2세였다. 부촌인 잉야로드에서 자라 대학을 졸업했다. 고등학교 졸업시험을 보는 해에 어머니가 돌아가셨다. 아버지가 그보다 세 살 어린 여자애와 결혼한 일로 아버지랑 다투다 집을 나왔다. 아버지가 상속해 준 돈 삼천만 짯은 『종이나비』라는 예술잡지를 발간하는 데 몽땅 투자한 뒤 쫄딱 망한지 오래였다. 그래서 그는 재벌 2세에서 졸지에 평민이 되어 이 찻집 근처 모텔에 발이 묶여버렸다. 그는 비록 실패했지만 잡지를 발간하던 시절을 자랑스럽게 여겨 허세를 부리며 반복해서 이야기했다. 꼬제야는 '그 돈을 재스민 나무를 심는데 썼다면' 더 좋았을 거라며 아까워했다.

꼬제야는 몇 에이커 안 되는 재스민 밭을 직접 가꾸고 있었다. 평생을 편하게 탁발만 한 사람이 어떻게 힘든 밭일을 하는지 믿기지 않았다. 그는 재스민꽃 가격 변동과 그가 키우는 원숭이를 빼고는 아무런 일에도 관심이 없었다. (원숭이 이름은 전통대로 포세인이었다.) 그는 원숭이에게 몸 굴리는 방법을 가르쳐 놓았다. 밭에 찾아오는 모든 손님들에게 포세인의 몸 굴리기로 대접하곤 했다. 포세인을 찻집으로는 데려오지 않았다. 꼬민쉐가 강하게 반대한 적이 있기 때문이다. 나머지 사람들도 동물을 사랑하는 사람들은 아니었다. 꼬제야가 승려생활을 그만둔 이유는 그가 말해준 적 없기 때문에 그들 사이에선 드문 비밀 중 하나였다.

평소 말수가 매우 적은 꼬제야가 오늘은 식탁에 앉자마자 쉴 새 없이 말을 쏟아놓았다. 죽은 나비들에 대한 이야기였다. 오늘 새벽, 재스민 나무에 물을 주러 밭으로 나갔을 때 여기저기 죽어 있는 나비들이 보였다고 했다.

"평생을 살면서 나비들이 이렇게 떼로 죽어 있는 모습을 본 것은 이번이 처음이에요."

죽은 나비들을 바구니에 담아 버렸는데 세 바구니나 나왔다고 했다. 그 사건이 시작된 첫째 날의 경험이었다. 그리고 이틀, 사흘이 지나자 여기저기에 죽어 있는 나비들을 본 사람들이 점점 늘어났다. 죽은 나비들이 발견된 장소는 다 달랐다. 몇 마리는 책장 위에, 몇 마리는 공원에, 몇 마리는 지붕 위에, 몇 마리는 시장의 채소 바구니 속에, 몇 마리는 도로 위에, 몇 마리는 집 뒤쪽 하수구 속에, 몇 마리는 낫신 제단 위에, 몇 마리는 쓰레기장에, 몇 마리는 노래방에, 몇 마리는 교실에, 몇 마리는 피아노 건반 위에, 몇 마리는 마사지방에, 몇 마리는 향수병 속에, 몇 마리는 새틴 침구 위에, 몇 마리는 럭셔리 차 안에, 몇 마리는… 몇 마리는…

죽은 나비를 본 사람들도 다양했다. 교수, 싸이카[사람을 태워주고 돈을 받는 세 바퀴 자전거] 운전사, 튀김 장수, 시인, 학생, 소매치기, 비구니, 칼잡이, 작가, 영화배우… 죽은 나비 시체를 본 사람들의 수가 헤아릴 수 없을 정도로 늘어났다. 이상하게 생각한 사람들은 점점 불안해져 언제 어디서든 나비들의 죽음에 대해 말했다. 그 사건은 사람들에게 중요한 일이 되었다. 먹을 때도 그 이야기, 자고 나서도 그 이야기만 했다.

사람들의 걱정을 끝낼 방법을 찾아야 했다. 은퇴한 판사 한 명이 앞장서서 '나비 사망 조사단'을 만들었다. 그 조사단에 품격 있는 양반들이 대거 포함되었다. 부자들, 간부들, 여성들도 있었다. 하지만 조사단은 죽은 나비를 두고 서로 논쟁만 하면서 시간을 보냈다. 확실한 결론은 하나도 내리지 못한 채 시간만 흘러갔다.

곤충 학자(나비 전문가) 한 명을 초청해 도움을 청했다. 그러나 답은 나오지 않았다. 학자는 참고할 자료를 충분히 가져오지 못한 탓만 하면서 불평을 늘어놨다. 나비들에게는 단체로 이동하는 습성이 있긴 하지만 이렇게 갑자기 떼로 죽은 사례는 알지 못한다고 했다.

어떤 사람들은 변두리 빨간 벽돌집에 살면서 연금을 수령하는 노인을 범인으로 지목했다. 그가 죽은 나비를 취미 삼아 모으기 때문이었다. 하지만 노인은 자연사한 나비만을 연구 목적으로 모으는 사람이었기에 자신은 나비를 죽이는 사람이 아니라고 반박했다. (미얀마에는 나비가 100종이 넘게 살고 있다.) 어떤 사람들은 시내 큰 가게에서 나비 잡는 망을 파는데 장난이 심한 아이들 탓에 지금처럼 나비들이 죽은 것이라고 주장했다. 하지만 가게 주인은 인정하지 않았다. 이 도시에 와서 꼿꼿이 학원을 운영하는 유학파 여선생 때문이라는 또 다른 주장도 나왔다. 나비들의 주식은 꽃 수액이다. 꽃

꽃이 사업이 활발해지면서 꽃들이 자연 상태로 꽃나무에 매달려 있지 않고 거실을 장식하는 꽃병 속에 꽂혀 있기 때문에 나비들이 굶어 죽는다는 것이었다.

어떤 사람들은 도시 사람들이 자신의 집에 딸린 정원을 가꾸지 않고 내버려두기 때문에 꽃이 많이 피지 않는다고 말했다. 어떤 사람들은 도시 근처에 공장들이 늘어났기 때문에 공장에서 나온 연기로 공기가 오염되어 나비들이 숨이 막혀 죽는다고 했다. 어떤 사람들은 나비들이 빠르게 전염되는 바이러스에 감염되어 죽는 것이라고 주장했다. 이러한 진단에 깜짝 놀란 사람들은 그 병이 사람에게도 전염되는지 알고 싶어 했다. 나비들이 죽은 이유를 밝히기 위해 병리학부에서 연구를 진행하는 동안 감염병을 예방하려면 라임을 하나씩 몸에 지니고 다녀야 한다는 소문이 돌았다. 누가 퍼뜨렸는지 모르지만 (라임 파는 사람들일 가능성이 높았다.) 라임 가격이 올라갔다. 어떤 사람들은 이렇게 나비들이 죽는 이유는 사악한 마법 때문이라고 주장하기도 했다. 악마가 몰고 오는 재앙의 전조이고 곧 사람들에게 전염될 거라고 했다. 그 재난으로부터 지켜줄 수 있는 부적을 지니고 다니라고 촉구하기도 했다. (믿는 사람들은 부적을 손목에 매고 다녔다.)

나비들이 자살했다고 주장하는 뻔뻔스러운 정신과 의사도 등장했다. 하지만 그는 얼마 전 사기죄로 감옥에 갔다 온 사람이라 아무도 그의 말을 믿지 않았다.

꼬민쉐는 나비들이 죽은 사건으로 까닭 없이 바쁜 사람들을 비웃었다. 아무것도 할 필요 없다는 게 그의 생각이었다. 나비들이 죽어가는 것은 나비들이 모두 죽은 후에 저절로 멈춘다는 것이 그의 판단이었다. 꼬에윈은 "죽음은 아주 가벼운 것이에요. 돼지든 나비든 마찬가지에요"라고 말했다. 꼬제야는 그의 밭에 떨어진 죽은 나비 한 마리를 그가 키우는 원숭이가 주워먹는 것을 보고 원숭이를 죽였다. 그는 그 일로 삼 일 내내 울었다. 꼬봉원은 그가 보관하고 있던 헌 『종이나비』 잡지들을 종이필터를 만들기 위해 무게 당 값을 쳐주고 폐지를 사들이는 담배 만드는 집에 가져가 팔았다. 그날 받은 돈으로 멤버들에게 취하도록 술을 샀다. (그는 술자리에서 집으로 돌아가는 길에 '나비 사망 조사단' 사무실을 향해 돌을 던졌다.)

일주일 정도 지나 조사단은 해체됐다. 그렇게 해체된 이유는 더 이상 나비들이 죽지 않았기 때문일 수 있었지만 나비들의 죽음에 사람들의 관심이 시들해졌기 때문일 수도 있었다. 꼬에윈이 다시 입원하게 되었다. 흡연으로 생긴 혈관 좁아지는 병 때문에 남은 다리마저 잘라야 했다. 꼬봉윈이 병문안을 하러갔을 때 그는 담배연기를 무럭무럭 뿜어내면서 꼬봉윈을 맞이했다. 그는 "이제 담배 안 끊어도 돼요"라고 말했다. 꼬제야는 갑자기 스님이 되어 도시를 떠났다. 꼬밍쉐는 술에 취해 자기 할멈을 총으로 쐈다. 하지만 죽지는 않았다. 그는 변호사를 선임하지 않고 자신이 자신을 직접 변호하겠다며 법전을 다시 읽기 시작했다.

어느 날 밤 꼬봉윈이 악몽을 꾸다 잠에서 깨어났다. 꿈속에서 그는 나비 한 마리가 되어 있었다.

---

* 「나비」는 1988년 양곤 민주화 대투쟁 당시 희생된 7천 명이 넘는 사람들의 영혼을 위로하기 위해 쓴 띳싸니의 대표작 중 하나다. [역자주]

바다와 사람

"사람들이 왜 이렇게 안 죽냐?"
한 시간이 지났는데도 또 다른 장례가 들어오지 않자
니뜨가 중얼거렸다.

한없이 큰 바다에서 7일 동안 수영을 한 후 온몸에 힘이 빠져 깊이 잠든 마하자나카[부처의 전생, 그는 비데하 왕국의 태자였다.]처럼 니뜨는 잠에 푹 빠져 있었다.

그러나 그에게는 마니메칼라[마하자나카를 구해 망고나무가 자라는 돌 제단에 뉘여 준 바다의 여신]의 따뜻한 품 대신 낡고 까칠한 담요 한 장이 전부였다. 돌 제단 대신 성긴 대나무 바닥 위에 누워 있었다. 깨어나면 그의 오두막집 앞에 상서로운 다섯 동물들로 치장한 마차가 마하자나카를 대관식으로 데려가기 위해 기다렸듯 그를 기다리고 서 있는 그런 꿈은 아예 꿔보지도 못했다. 메이칼라라고는 노래하는 가수 정도로만 아는 니뜨였다.

그는 하나밖에 없는 여동생 미추가 깨우자 비로소 잠에서 깨어났다. 남매는 전날 먹다 남은 찬밥에 어장을 비벼 먹은 후 토란잎을 따러 나갔다. 안개가 걷히지 않았다. 그들이 사는 가난한 신도시 주변 빈터나 뒷골목에는 우기 내내 내렸던 빗물이 고여 있었다. 그런 웅덩이들은 찬거리로 물고기를 잡으러 오는 사람들이 모이는 곳이었다. 웅덩이엔 부레옥잠과 토란이 무성하게 자라 있었다. 부레옥잠은 돼지를 키우는 사람들에게 유용했다. 하지만 가난한 사람들의 집에는 돼지는 커녕 쥐새끼도 한 마리 없었다. 사람도 겨우겨우 입에 풀칠을 하는데 쥐가 먹을 것이 있을 턱이 없었다.

남매는 아침마다 토란잎을 땄다. 따놓은 토란잎은 시장에서 생선 장수와 야채 장수들에게 팔았다. 크고 신선한 토란잎 백 장에 1짯 반을 받는다. 이파리가 작으면 1짯밖에 받지 못한다. 밑천 없이도 할 수 있는 일이지만 그렇다고 해서 썩 좋은 일거리라고는 할 수 없었다. 비가 내리고 날씨가 쌀쌀할 때도 허벅지까지 차는 깊은 물에 들어가야 했고, 물이 깨끗한 것도 아니어서 피부가 가려워질 때도 많았다. 독이 있는 벌레에게 물릴 수도 있어 겁이 나기도 했다. 토란이 많긴 했지만 큰 잎은 많지 않았다. 매일 같은 곳에서 딸 수도 없었다. 오늘 이곳에서 땄다면 다음날에는 다른 곳으로 가서 따야 했다. 그래서 토란잎사귀들은 남매가 매일 딸 수 있도록 차례로 커줘야만 했다.

오늘은 두 군데나 돌아다니면서 땄는데도 겨우 이백 장밖에 따지 못했다. 금세 해도 밝아왔다. 그러다 장이라도 파하면 이 토란잎들은 버려야 한다.

따놓은 토란잎은 빨리 시든다. 생선 파는 도따웅에게 백 장, 채소 파는 도까레이마에게 백 장을 납품했다. 3짯을 벌었다.

미추에게 돈을 건네면서

"미추⋯. 너는 들어가 봐. 집에 쌀 남아 있지?"

미추가 머리를 끄덕인다. 이 계집애는 말수가 참 적다.

"5무어치는 간식 사먹어⋯ 응?"

살짝 미소를 지으며 미추가 "응"이라고 대답했다. 미추가 아침에 어장에 비빈 밥을 먹는 둥 마는 둥 할 때부터 돈을 꺼내 주고 싶었다. 하지만 니뜨에겐 그만한 돈이 없었다. 엄마한테도 돈이 있을 것 같지 않았다. 막내로 자란 미추의 입맛은 까다로웠다. 아침마다 동네 입구 쪽에 있는 매콤 새콤한 비빔면 5무어치 정도는 먹고 나야 직성이 풀리는 얼굴이 되곤 했다.

미추가 떠나자 야채 장수를 향해 돌아서며 물었다.

"도따웅, 거스름돈 필요해요?"

"있으면 좋지, 자… 5짯만 바꿔다줘."

말과 동시에 5짯짜리 한 장을 꺼내줬다. 도따웅 옆 두 가게도 5짯씩 바꿔달라고 했다. 도까레이는 바꿀 수 있는 만큼 바꿔달라며 1,000짯짜리 한 장을 건네줬다. 요즘은 버스를 타도 잔돈이 있어야 수월하다. 잔돈이 있으면 5무, 없으면 1짯이다. 같은 노선을 이중 가격으로 받고 있었다. 공중화장실에도 '잔돈 있으면 15빠, 없으면 1먗'이라고 적혀 있었다.

"아저씨 거스름돈 바꿔줄 수 있어요?"

"이리 줘, 니뜨."

사내가 가방에서 잔돈 보따리를 꺼내들고 1짯씩 잔돈으로 바꿔줬다. 거스름돈을 바꿔주는 어른들이 니뜨에게는 일종의 고객이었다. 그들에게서 1짯에 95빠를 받고 바꿔야 한다. 도따웅과 상인들에게는 90빠에 다시 납품한다. 그렇게 중간에서 니뜨는 1짯에 5빠를 남긴다.

10시쯤 되었을까? 튀김 가게에서 엄마를 위해 새우튀김 하나를 샀다. 1짯이 나갔다. 자신도 비상금 1짯은 가지고 있어야 한다. 서둘러 집에 돌아가 엄마에게 튀김을 전달했다. 튀김을 조금씩 찢어서 차와 함께 먹고 있는 엄마를 가만히 서서 바라보았다. 엄마는 이제 마흔을 조금 넘겼을 뿐인데도 마치 작은 할머니 같아 보였다. 미추가 태어난 이후 부두에서 짐꾼으로 일하던 아버지가 사고로 돌아가셨다. 그 후로 어머니는 비가 오든 날이 뜨겁든 머리 위에 장바구니를 이고 다니며 남매를 길렀다. 지금 그녀가 견디고 있는 고통은 평생 동안 쌓인 피로가 한꺼번에 몰려왔기 때문이었다. 엄마는 하체가 마비돼 옆에서 도와주어야 간신히 걸을 수 있었다. 집안에서는 엉덩이를 끌고 다니며 살림하는 미추를 도와주곤 했다.

미추는 뭐든지 참 잘했다. 12살도 채 되지 않았지만 요리할 때 보면 엄마가 도와주지 않아도 될 만큼 완벽했다. 엄마와 오빠 옷 빨래도 미추가 다 했다. 미추를 학교에 보내지 못하는 것이 늘 마음에 걸렸다. 니뜨도 마찬가지였다. 읽고 쓸 수 있을 정도의 기초 교육으로 만족하고 초등학교 3학년 때 학교를 그만둬야만 했다.

니뜨는 다시 집에서 나와 묘지로 갔다. 새총을 들고 무너진 벽돌무덤 위에 앉아 있는 깐민은 그를 보자 손을 흔들었다. 니뜨는 무덤 위로 올라가 깐민 옆에 앉았다.

"일찍 왔네."

깐민이 하는 말의 뜻을 그는 안다. 낮 12시 전에는 장례를 치르지 않기 때문이다.

"딱히 갈 곳이 없어서."

"너 낄리 안 나가냐?"

"거기도 예전 같지 않아."

전에는 낮에 낄리에 가곤 했다. 바나나 배가 입항하면 떨어진 바나나를 주웠다. 아니면 생선시장에 가서 얼음을 줍곤 했다. 얼음이 담긴 생선바구니들을 어깨에 메고 가다보면 바구니 꼭대기나 구멍에서 어름이 떨어진다. 그것을 아이들이 서로 먼저 줍느라 경쟁한다. 큰 덩어리를 주우면 얼음을 파는 장수에게, 작으면 차이나타운에 있는 술집들에 가서 납품을 했다. 오래 하다 보니 아이들과 경쟁을 하면서 얼음을 줍는 일에 싫증이 나기 시작했다. 얼음 줍는 일로 자주 싸움이 벌어지기도 했다.

쌀을 줍는 일이 그보다는 좀 더 나았다. 배와 부두 사이를 잇는 다리 널빤지 틈새에는 쌀자루를 메고 갈 때 자루에서 떨어진 쌀알이 조금씩 끼여 있다. 이 일은 인내심이 필요했다. 먼저 나무 틈에 있는 쌀알을 막대기로 긁어낸다. 그렇게 해서 나온 쌀 반 모래 반을 두 손바닥 위에 놓고 입으로 불어 깨끗하게 해야 한다. 상태가 나빠 붉은 빛이 도는 쌀을 한 톨, 두 톨씩 모아 가방에 넣고 다음 널빤지 틈새로 넘어간다. 그렇게 다리 하나가 마무리될 때쯤이면 운이 좋은 날엔 쌀 네 다섯 컵을 얻는다.

그런 날엔 집에서 먹을 쌀은 사지 않아도 된다. 두 남매가 같이 쌀을 주우러 다녔을 때는 먹고 남아서 옆집 백설기 상 인한테 1삐(8컵)를 2짯에 다시 팔기도 했다. 이 일은 여자들 한테 더 어울려서 미추에게 맡겼었다. 요즘은 엄마도 자주 아프고 버스비도 너무 비싸져 미추를 쉬게 해야 했다. 전에 는 그들이 사는 미야오클라와 낄리를 다니는 버스를 1짯이 면 탈 수 있었다. 지금은 기름이 비싸지고 타이어도 비싸졌 다면서 2짯을 받았다. 가끔 3짯을 받기도 했다. 어렵게 얻은 쌀이 모두 버스비로 날아가 버렸다.

니뜨는 마음이 심란했다. 깐민은 어젯밤에 1짯을 주고 뚱 보 주인공이 나오는 중국 무술 영화를 봤다고 잘난 체했다. 그때 첫 번째 장례행렬이 들어왔다.

"왔다, 왔다."

말하자마자 니뜨는 벌떡 일어섰다. 그리고 가장 먼저 사람 들이 차에서 들고 내리는 관을 살펴보았다. 실망이었다. 반들반들 광까지 낸 비싸고 고급스런 관이었다. 그들이 기대했던 종이꽃을 붙인 관이 아니었다.

"꽃이 많네."

옆에서 깐민이 알려준다. 맞다. 꽃이 꽤 많았다. 인맥이 좋은 사람의 장례인 것 같았다.

"서두르지 말자, 우리 밖에 없잖아."

깐민의 말에 니뜨가 다시 앉았다. 장례를 치르는 사람들이 돌아갈 때까지 그들은 가만히 바라보고 있었다. 사람들 발길이 끊어질 때쯤 불경을 외우기 위해 만들어 놓은 제단 쪽으로 자리를 옮겼다. 그 곳엔 꽃이 여기저기 마구 흩어져 있었다. 꽃바구니에 붙어있는 돌돌 말린 종이꽃들을 뗐다. 떼어놓은 꽃들을 니뜨가 꼼꼼히 말았다. 아이들 몇 명이 옆에 서서 바라봤다. 이 묘지에서는 감히 깐민을 깔볼 놈이 없었다. 깐민이 장의사 아들이기도 했지만 성깔 자체가 조금 까칠 하기도 했다.

종이꽃들은 동네에서 인형을 만드는 꼬킨에게 납품한다. 꼬킨은 다양한 색깔의 종이꽃을 가지고 공주 인형, 왕자 인형, 마술사인 저지 인형을 만들어 판다. 꽃바구니와 관에 붙은 빨간색, 노란색, 파란색 등 다양한 색상을 가진 종이들은 꼬킨의 손을 거쳐 왕자와 공주들의 화려한 의상으로 탄생한다. 가게에서 파는 종이보다 니뜨에게서 사는 종이가 훨씬 저렴했다. 니뜨가 가져온 양을 봐서 적당한 값을 쳐준다. 니뜨도 공짜로 얻은 물건이라 돈이 적다 많다 따지지 않는다. 친구인 깐민에게도 나눠줄 필요가 없다. '응웨따웅'표 궐련 한 개비 정도 사주면 그만이었다. 가끔 그가 좋아하는 중국 무술 영화 비디오를 보여주면 신이 나서 매우 만족스러워했다.

"우리 집에 가서 밥 먹을래? 말린 생선뼈에 무를 넣은 찌개가 있어."

자주 가서 밥을 먹곤 했기 때문에 니뜨는 거절하지 않았다. 깐민도 니뜨 집에서 밥을 먹곤 했다. 깐민의 오두막은 묘지 바로 끝에 있었다. 밥을 먹고 난 후에 벽돌무덤의 그늘진 쪽에 등을 대고 앉아 '응웨따웅' 궐련 한 개비를 번갈아 나눠 피면서 끝날 줄 모르는 깐민의 중국 무술 영화 이야기를 들어야 했다.

"사람들이 왜 이렇게 안 죽냐?"

한 시간이 지났는데도 또 다른 장례가 들어오지 않자 니뜨가 중얼거렸다. 이대로라면 여기에 온 보람이 없다.

깐민은

"불평하지 말고 물고기나 푸러(잡으러) 가자."

"어딘데?"

"우리 집 뒤쪽에 있는 웅덩이. 가웅지하고 애들이 오래전부터 눈독을 들이고 있는 곳이야. 내가 찜해 놓은 곳에 들어가 잡는 놈은 내 새총에 맞는다고 경고해놨어."

"어떤 물고기들이 있는데?"

"큰 가물치들. 밤에 팔딱팔딱 물 위로 뛰어 오르더라."

"우리 둘만?"

"응, 웅덩이가 조그만 해."

잡은 것을 깐민과 반반씩 나누고 내 몫에서 우리 가족이 먹을 만큼 빼고 나머지를 시장 생선 장수에게 납품하면… 니뜨의 눈앞에 1쨔짜리 헌 지폐들이 쌓이는 듯했다. 하지만 하염없이 기다리고 있던 종이꽃에 미련이 남았다.

"우리가 물고기 잡고 있는 도중에 장례가 오면 어떻게?"

"내 동생들에게 맡기면 돼."

"그럼 잡으러 가자."

웅덩이는 크지 않았지만 생각보다 깊었다. 그래서 웅덩이에 있는 물이 다 없어질 때까지 열심히 물을 퍼내야 했다. 시간이 꽤 걸렸다. 아이들은 곧 지쳤다. 구라미 몇 마리밖에 잡지 못했다.

"니가 말한 큰 가물치들은 어디 있는 거야?"

"진흙 속에 들어가 박힌 것 같은데."

다른 사람이었다면 니뜨가 주먹을 날렸을 것이다. 온 몸에 묻은 흙을 털고 나니 해가 질 무렵이었다. 깐민은 물고기를 반반씩 나누려 했다.

"필요 없어. 니가 다 가져."

그들이 물고기를 잡는 도중에 치러진 장례식에서 얻은 종이를 깐민의 동생들이 그에게 줬다. 니뜨는 그 둘에게 용돈으로 1뱟을 줬다. 그가 집에 도착하자 날이 어두워지기 시작했다.

미추가 꼬킨에게서 선물 받은 종이 왕자와 공주 인형의 줄을 당기며 꼭두각시놀이를 하고 있었다.

"미추, 이거 꼬킨에게 가져다 줘. 돈도 주는 만큼 받아오고."

미추가 나가고 나자 엄마가 말했다.

"니뜨, 온몸이 더럽다. 빨리 씻어라. 꼬바딩이 널 찾는다. 오늘 우신지[물에 빠져 죽은 자를 해원하는 낫신(정령신)] 제사가 두 집에서나 있단다."

그가 빠르게 목욕을 한 뒤 옷을 갈아입고 있는데 엄마가

"지금 밥 먹을래? 칭바웅 하고 응아삐다웅 했어."

"그럼 늦어. 갔다 와서 먹을게, 엄마."

가슴속에서 솟구치는 거친 숨이 가라앉질 않았다. 배가 고프지도 않았다. 작은 오두막은 어둡기만 했다.

"엄마, 불도 안 밝히고 뭐해."

"등불 기름이 없어서 그렇지."

"미추가 돈을 가져오면 1짯어치만 사오라고 시켜요."

아무것도 섞지 않은 깨끗한 등기름은 비싸서 살 수 없다. 대신 5짯 90빠를 주면 디젤 섞은 기름을 유리병에 손가락 길이만큼 채워준다. 이 기름을 쓰면 연기가 많이 났지만 별 수가 없었다.

우바띵 집에 도착하자 그가 기다리고 있었다. 우바띵은 긴 팔의 체크무늬 셔츠를 손목 단추까지 잠근 채 체크무늬 론지를 입고 있었다. 니뜨는 그의 모습이 가끔 멋있다고 생각했다. 얼굴은 크림을 발라서 그런지 푸르스름했다. 머리는 코코넛기름을 잔뜩 발라 멋을 냈다. 윗머리는 벌써 듬성거리기 시작했다. 그의 나이가 50이 되어가지만 어릴 때 역도를 좀 해서 그런지 배가 조금 나온 것 빼고는 상박이나 팔뚝 근육 모두 아직은 탄탄했다. 윗머리를 세운 그의 헤어스타일은 영화

배우 쪼쉐를 따라한 것이라고 동네사람들이 수군거렸다. 니뜨는 쪼쉐를 본 적이 없다. 우바띵은 한때 영화배우가 되려했다고 한다. 하지만 배우로서 그의 삶은 영화 한 편이나 두 편 정도에서 깡패 시다바리로 출연한 것으로 끝이 났고 이후 그는 현재 아내와 결혼을 했다.

그의 아내는 시장에서 식자재 가게를 한다. 가게가 크지 않지만 부부가 먹고 살기에는 충분했다. 우신지 제사를 대행해 주는 일은 딱히 할 일이 없는 우바띵이 자신의 명예를 위해 만들어놓은 일일 뿐이었다. 제사를 한 번 치러주는 대가로 10짯을 받는다. 그래서 니뜨는 있어 보이고 싶어 하는 배우 출신 우바띵의 시다바리가 되었다.

우바띵이 앞에서 폼 잡고 걸어갔다. 니뜨는 뒤에서 제사에 사용되는 제단을 들고 따라갔다. 제사를 한 번 지낼 때마다 니뜨는 2짯을 받는다. 떡과 바나나도 준다. 오늘은 두 집이라 집에 늦게 들어갈 것 같았다. 그가 할 일은 별로 없다. 제단에 더나잎, 다볘잎을 꽂아주고 초를 켜주는 정도가 다다. 사람들이 듣고 있는데 "제자야"라며 그를 부르는 우바띵을 잘 참아내야 한다. 같이 걸어가며 니뜨가 물었다.

"오늘 누구 집이에요, 선생님?"

"꼬묘뉴운 선생 집이야."

니뜨는 가슴이 철렁했다. 꼬묘뉴운은 초등학교 때 그의 담임선생님이었다. 끼니를 때우기 위해 바빠지면서 그가 서서히 교실에서 멀어지는 것을 못마땅해 하던 사람이기도 했다. 마주칠 때마다 다시 학교에 나오라고 잔소리를 하곤 했다. 그래서 길에서 마주치지 않으려고 꼬묘뉴운 선생님을 피해 다녔다.

그런데 지금은 피할 길이 없다.

"니뜨야, 오랜만이다."

꼬묘뉴운 선생이 니뜨를 보자마자 먼저 인사를 건넸다.

"네… 네, 선생님."

니뜨가 말을 더듬었다. 안절부절 하는 그를 보며 꼬묘뉴운이 영혼 없이 웃었다. 그리고 니뜨의 어깨를 잡고 차분하고 조용한 목소리로 말했다.

"나를 일부러 피해 다니지 마라. 난 다 이해한다."

"네… 선생님."

"그래… 내 속이 비록 한 뼘밖에 되지 않지만 마음은 대양처럼 넓단다."

모자와 사람

"여러분!
저는 아침부터 사라진 제 머리를 찾아다니고 있어요"
라고 하자 그들이 나를 비웃었다.

나는 잠에서 깨어나 욕실의 거울 앞에 섰다. 세수를 하려고 준비하다 갑자기 내 머리가 사라졌다는 사실을 깨달았다. 나는 손에 칫솔을 든 채 머리가 없는 나를 멍하니 바라봤다. 분명 어젯밤까지만 해도 텔레비전 앞에 앉아 모든 방송이 끝날 때까지 봤는데 오늘 아침 내 머리는 갑자기 어디로 간 것일까?

잠에서 깰 때 깜빡하고 침대에 두고 온 걸까? 다시 침대로 가봤다. 구겨진 침대보 위에 기어다니는 빈대 한 마리가 보였다. 아, 내 머리가 빈대로 변했나? 어제 저녁, 집으로 돌아올 때 잠깐 마트에 들러 세면용 '흐무에' 비누를 새로 샀다. 비누를 버려야 하나? 머리가 없어졌지만 신체에는 별 영향을 미치지 않는다. 하지만 불편한 것도 사실이다. 예를 들자면,

내 얼굴을 어디에 갔다 붙여야 한단 말인가? 복사뼈에 달면 보기가 좀 그럴 것 같았다.

나는 창문을 밀어서 열었다. 저 멀리 숲에서 동작이 굼뜬 늘보처럼 둥근 물체가 느리게 올라왔다. 순간 잃어버린 내 머리인 줄 알고 반가웠다. 하지만 그것은 태양이었다. 외출준비를 하는데 어머니가 어디 가느냐고 물었다.

나는 "머리를 찾으러 나갔다 와야 해요, 엄마"라고 대답했다.

정류장에 서있는 차에서 차장이 승객을 부르고 있었다.

"자… 자… 어서 오세요. 아스팔트 포장길로 쭉 달립니다. 몸뚱이와 머리까지 20짯만 주세요."

"그렇다면 나는 몸만 갈게, 10짯만 받아."

그렇게 말을 하자 차장이 미소를 지으며

"이 형님… 농담도 참 잘 하셔"라고 했다.

내 머리가 사라졌다는 말을 들은 사람들은 그 사실을 받아드릴 준비가 되어 있지 않은 것 같았다. 평범한 일에 익숙한 이들에게 이런 경우란 종종 듣는 하나의 풍자에 불과할 뿐이었다. 하지만 내 머리는 진짜로 사라졌다.

양곤 시내에 도착하자 내 머리가 다니곤 했던 장소를 찾아가 보기로 했다. 영화관이 있는 가까운 곳부터 둘러볼 생각이었다. 하지만 영화관 골목으로 들어서고 나서야 아차 싶었다. 싸구려 시나리오로 만든 영화만 상영하는 화려한 영화관들이 즐비한 거리였다. 그래서 이곳에 들른 지 오래되었다는 사실이 떠올랐기 때문이다. 그 다음으로 찾아간 곳은 도서관이었다. 도서관은 조용하고 적막감이 흘렀다. 하지만 내가 읽고 싶은 책은 없었다. 책장 구석에 쌓인 먼지 덮인 서양철학 책을 한 장씩 넘겨보았지만 나는 그곳에서 내 머리를 찾지 못했다.

지인들이 모이는 찻집에 가보았다. 그곳에서 지인들은 카프카, 다윈론, 포스트모더니즘 그리고 실존주의에 대해서, 구로사와와 로젠버그의 작품들 그리고 래퍼들이 부르는 음악에 대해서 서로의 의견을 주고받고 있었다.

"여러분! 저는 아침부터 사라진 제 머리를 찾아다니고 있어요"라고 하자 그들이 나를 비웃었다.

그들 중 한 명은

"당신 정신과 의사한테 가봐야 할 것 같아."

또 한 명은

"잡지에 광고 넣어보세요."

또 다른 한 명은

"인공 신체를 연결해 주는 부서에 가보세요. 해결될 겁니다"라고 했다.

그렇게 말한 사람은 사고로 한쪽 다리를 잃고 의족을 달고 사는 사람이었다. 머리도 인공으로 달 수 있는지 없는지는 그도 모른다고 했다.

나는 한 잡지사를 찾아갔다.

'어제 머리를 잃어버렸습니다. 머리를 주운 분께서 돌려주시면 은혜를 갚도록 하겠습니다'라는 문구를 써서 편집자에게 줬다. 편집자는

"당신 머릿속에 무엇이 들어 있나요?"라고 물었다. 이어서 그가

"예를 들어 가방을 주우면 그 안에 돈, 값비싼 금속제품, 면허증, 주민등록증, 중요한 서류 등이 들어 있는 것처럼 말입니다"라고 했다.

나는 꼼꼼하고 지혜로운 편집자를 만난 것 같았다.

"음… 그러니까 제 머릿속에 말입니까? 제 머릿속에 들어 있는 것은 불순종, 미움, 표준에서 벗어남, 그리고… (목소리를 낮춰서) 위대함, 그리고… 아… 잘난 척하는 것도 들어 있

는 것 같아요."

편집자가 그만 하라는 듯 손을 치켜 들었다.

"됐습니다. 이 정도면 충분합니다. 머리가 둥글긴 한가요?"

"둥급니다. 네모가 아닌 것을 후회하긴 합니다."

나는 편집자의 사무실에서 나왔다.

며칠 전에 지인이 준 의견대로 (그가 장난으로 말했을 수도 있지만) 정신과 의사를 찾아 갔다.

"무엇을 도와 드릴까요?"

"제 머리가 사라졌어요."

"언제 사라졌나요?"

"오늘 아침에요."

"확실해요?"

"그게… 확실하지는 않아요. 그보다 훨씬 전에 사라졌을 수도 있는데 제가 오늘 아침이 되어서야 인식한 건지도 몰라요."

의사는 나한테 신문 하나를 들이밀었다.

"제목들을 읽어 주세요."

나는 정확하게 읽어 주었다.

"머리가 달려 있구면."

"아닙니다, 선생님."

"음식 섭취가 가능해요?"

"설탕을 덮어씌운 음식을 빼고는 다 먹습니다."

"소리는 다 들려요?"

"자기 자랑하는 소리 외에는 다 들립니다."

의사가 나에게 많은 질문을 던졌다.

"당신은 보통 사람들과 별반 다르지 않습니다. 그리고 당신의 머리도 원래대로 당신의 몸에 붙어 있습니다."

"그렇지 않아요, 선생님."

의사에게서 만족할 만한 답을 얻지 못하고 돌아서야 했다. 돌아오는 길에 생각을 해 보았다. 길에서 잃어버렸다고 치자. 내 머리를 귤처럼 까먹을 수도 없고. 한 송이 꽃처럼 거실에 장식해 놓기에도 보기가 그리 좋지 않을 것이고. 그런데 그렇게 쓸데없는 것을 누가 주워 갔을까?

아니면 내 머리가 꿈을 쫓아 어디 놀러간 것은 아닐까? 아니면 교활한 밤이 내 머리를 납치한 것일까? 아니면 내 머리가 한여름의 개울처럼 스스로 점점 말라서 사라져버린 것일까? 아니면…

나는 뒤숭숭하고 실망스러워 힘없이 처진 발을 끌고 집으로 돌아왔다. 동네 어귀에 도착했을 때 나를 향해 굴러오는 동글동글한 것이 내 머리인 줄 알고 정말 반가웠다. 하지만 골목에서 아이들이 발로 찬 축구공이었다.

집으로 들어온 나를 보고 어머니가

"너 하루 종일 어디 갔었니? 모자를 집에 두고 나갔더라."

나는 몸이 흔들릴 정도로 크게 놀랐다. 어머니가 보여준 모자를 만지며

"엄마, 이거 제 모자 맞아요?"

"그래, 왜 그러는데?"

어머니의 질문에 굳이 대답할 필요가 없었다. 나는 정말 기뻤다. 쓰지 않아도 나에게 모자가 있다는 사실은 내게 머리가 존재한다는 것을 간접적으로 증명해주는 것이었기 때문이다.

무(無)와 함께 한 여행

존재해서 인식하는 걸까?
인식해서 존재하는 걸까?
나는 너무 배가 고프다.

내가 해변에 도착했을 때 이미 떠나버린 배 한 척의 뒷모습이 저 멀리 가물거리고 있었다. 배는 서서히 멀어졌다. 선채는 밑에서부터 점점 위로 올라가며 수평선 아래로 사라졌다. 나는 초등학교 때 배웠던 지구가 둥글다는 사실의 증거를 지금 처음 발견한 사람처럼 그 광경을 바라보았다.

유럽에서는 지구가 둥글다는 사실을 르네상스 시대부터 받아들였다고 한다. 이전까지 사람들은 지구가 평평하다고 믿었다. 한 눈에 들어오는 수평선 끝을 향해 항해하다 보면 바다의 끝에 이르러 우주의 절벽 밑으로 떨어질 거라 생각했던 것이다. 그러다가 지구가 둥글다는 것을 온 세상이 받아들였는데…

최근에 토머스 프리드먼이라는 청년이 『세계는 평평하다』

라는 책을 출간해서 논란을 일으켰다. 다행히도 그는 세계화라는 이데올로기를 바탕으로 세계가 평평하다고 말한 것이었다. 그렇다면 지구는 존재론적으로는 둥글고 인식론적으로는 평평하다는 말인가?

철학의 역사는 이미 오래전에 존재론과 인식론의 전쟁터가 되어버렸다. 통속적인 물질만능주의, 감지, 인지, 프랜시스 베이컨, 헤겔, 존 로크, 데이비드 흄, 니체, 쇼펜하우어 등등… 아무튼 인식하기에 존재하든, 존재하기에 인식하든 나는 지금 이 순간 이 해변에 존재하고 있으며, 존재한다는 사실 또한 인식하고 있다.

지금 이 해변에는 나 혼자뿐이다. 내가 여기에 도착했을 때, 저 멀리 보였던 그 떠나버린 배가 콜럼버스의 배였든, 로빈슨 크루소의 배였든, 넬슨 제독의 배였든, 아니면 타이타닉이었든 (그렇다면 케이트 윈슬렛과 엇갈렸다는 사실이 안타까울 따름이다.) 그 배는 이 해변을 떠난 마지막 배가 아니었을까? 아니면 또 다른 배가 이 해변으로 들어오고 있는 것은 아닐까? 나는 전혀 알 수 없었다. 그래도 나는 여기에 존재하고 있다.

내가 왜 이 해변으로 왔을까? 바닷가에서 바람을 쐬기 위해서? 조개를 줍기 위해서? 코코넛 워터를 마시기 위해서? 파도타기를 하기 위해서? 이 중에 정답은 없다. 정답은 오직 이 육지를 떠나기 위해 왔다는 사실뿐이다. 나는 여기 오면서 작은 사각형 가죽 박스 한 개를 가져왔다. 모자를 하나 쓰고 여행자처럼 변신했다. (롱코트 한 벌을 추가해도 좋고, 안 해도 좋다. 당신 마음이다.) 그러나 사각 가죽 박스 안에 내가 넣어온 것은 무(無), 아무것도 없었다.

해변에는 나를 빼곤 그 누구도 없다. 다시 말하자면, 나라는 사람 한 명만 있을 뿐 그 흔한 개나 고양이마저도 한 마리 없다. 더 정확히 말하자면 생명체라고는 하나도 없다. 그렇다면 이곳은 문을 닫은 해변인가? 그래서 다른 여행객이 한 명도 보이지 않는 것일까? 나는 오직 혼자인 여행자다.

사실상 인간은 모두 진정한 의미에서 단독 여행자다. 이 세상에 홀로 왔다가 다시 홀로 떠나야 한다. 이 세상에 올 때 아무것도 가져오지 않고 갈 때도 아무것도 가져가지 못한다. 이 명제는 참 평등하다. 하지만 인간은 평등하지 않다. 인간은 논쟁거리를 위해 이념을 만든다. 우리가 숨 쉬는 공기와 마시는 물을 오염시킨다. 자신의 욕심을 위해 테러 행위를 자행한다. 오직 돈을 위해 예술 같지도 않은 싸구려 예술을 만들어 판다. 게다가 부패와 범죄 행위를 서슴없이 저지르고 사탄까지 만들어낸다.

나는 해변의 넓은 모래밭에 덩그러니 놓여 있는 벤치에 앉아 생각에 잠겨 있다. 이 의자는 내가 오기 전부터 있었던 의자였고 내가 싫어하는 검은색이 칠해져 있다. 그런데 왜 이런 곳에 덩그러니 놓인 벤치가 두 사람이 앉을 수 있는 이인용인 걸까? (일인용이라면 나에게 더 어울릴 것 같기도 하다.) 이 벤치를 미리 준비한 어떤 이가 내가 누군가와 동행해 둘이서 올 것이라고 예측해서일까? 아니면 인간의 탐욕스런 본질을 알고 있기에 일인용으로는 부족할 거라고 생각해서 그런 걸까?

내가 동행을 데리고 와야 한다면, 과연 내 옆에 앉을 사람은 누가 될까? 소크라테스? (그는 너무 어리석다.) 칼 마르크스? (그는 반대로 너무 영리하다.) 마웅얀빠잉? (여기 같이 앉게 된다면 그는 나와 싸울 것이다.) 가웨인? (나쁘지 않지만 나는 술 냄새를 못 견디는 사람이다.) 그렇게 100명이 넘도록 한 명, 한 명씩 내 파트너로 상상을 해 봤지만 아직 단 한 명도 찾아내지 못했다.

명명백백하다. 이 해변에 와 있는 것 그 자체로 난 혼자다.

모든 것을 두고 왔다. 내가 사랑하는 사람들, 내가 싫어하는 사람들, 책장 다섯 개와 수많은 책들, 천 장도 넘는 해외 영화 DVD, 지금 집필하고 있는 소설 몇 편, 슐레 파고다 앞 도로, 바이러스, 미스터 브라운의 딸기 주스, 백장미의 향, 플라스틱 봉지들, TV 뉴스, 온난화에 시달리는 지구 등… 내가 두고 온 것들은 꽤 많다. 나는 사각형 가죽 박스 하나만을 들고서 모든 것과 등 돌린 채 떠나왔다. 그 박스 안에 넣어서 가져온 것은 '무(無)' 뿐이다.

내가 이 해변에 도착한 이후 얼마나 많은 시간이 흘렀을까? 나는 모른다. 그러나 존재하고 있다. 존재해서 인식하는 걸까? 인식해서 존재하는 걸까? 둘 중에 하나일 것이다. 아니면 둘 중에 둘일 수도 있다. 나는 너무 배가 고프다. 이 해변에 먹을 것이라곤 아무것도 없다. 나는 게도 잡지 못한다. 코코넛 나무에 올라가지도 못한다. 파도치는 바다가 눈앞에 있지만 물 한 방울 마실 수 없다. 이런 상황이 얼마나 흘렀을까? 십 년이 지났을까? 백 년이 지났을까? 천 년이 지났을까?

퍼덕거리는 날갯짓 소리가 들려오면서 비둘기 한 마리가 바다에서 날아와 내 벤치에 앉았다. 이 비둘기는 내가 이 해변에 도착한 이래 처음으로 보는 생명체다. 이 비둘기는 사람들과 친밀한 듯하다. 내 손에 쉽게 잡혀준다. 나는 곧바로 불을 피워 비둘기를 구워 먹었다. 난 너무 오래 굶주렸다.

맛있게 비둘기를 구워먹고 있는데 저 멀리 배 한 척이 눈에 들어왔다. 배는 곧바로 이 해변을 향해 오고 있다. 나는 신이 났다. 이 배가 나를 태워갈 것이다. 이제 나는 곧 이 해변을 떠날 수 있다. 배가 점점 다가오자 뱃머리에 쓰여 있는 글자가 보인다. Ark… 아니, 아크라니. 구약성경에 등장하는 방주 이름이지 않은가.

세상을 물로 덮어 벌을 주고자 한 하나님은 유일하게 그를 믿는 노아에게 미리 알려 큰 방주 하나를 만들게 했다. 그리고 이 세상의 모든 동물 한 쌍씩을 태워 항해하게 함으로써 벌을 피할 수 있게 해주었다. 처음 만나는 육지에서 그들은 새로운 세계를 만들 것이다.

근데 이거 당최 말이 안 되잖아? 성경에 등장하는 배가 어떻게 내 눈앞에 있지? 이런 생각을 하고 있는 사이에 배가 해변에 도착했다. 배에서 긴 옷을 입은 온화한 인상의 사내가 내려와 내게 다가왔다. 그는 내가 피워놓은 불을 한 번, 내 손에 들려있는 비둘기구이를 한 번씩 번갈아 보면서 말했다.

"저희가 육지를 찾기 위해서 보낸 비둘기를 당신이 잡아먹

었군요."

"그러면 당신은 육지를 어떻게 발견했나요?"

"그야 쉬웠죠. 당신이 피운 불에서 연기가 올라오고 있잖아요."

그가 이인용 벤치의 빈자리에 앉아 손을 내밀면서 인사를 했다.

"제 이름은 노아예요."

변이

"보세요…
꼿꼿하게 서서 걸어 다니는 인간이
세상에서 제일 못생긴 생물이에요.
그렇지 않나요?"

나와 그가 앉아 있는 탁자 위로 바퀴벌레 한 마리가 기어 올라왔다. 그가 손바닥으로 탁 쳐서 잡은 바퀴벌레를 집어 입안에 넣었다. 그의 행동은 몰지각스럽기도 했지만 너무 자연스러워 나는 토하고 싶은 마음을 가까스로 참아냈다.

"당신 곤충을 먹어요?"

"지구에 곤충을 먹는 사람들은 꽤 있어요. 우리나라 사람들이 즐겨 먹는 귀뚜라미도 곤충이죠."

"그렇긴 하지만 생으로 먹지 않고 튀겨 먹죠. 그리고 바퀴벌레는 귀뚜라미가 아니잖아요."

그는 "다 똑같지 뭐"라고 하면서 미소를 지었다.

그에게 남다른 특이한 면이 있다는 것을 나는 처음부터 알아챘다. 낡은 검정색 롱코트 한 벌을 걸치고 있는 것이 우선

드러나는 그의 특징이었다. 눈썹까지 내려 쓴 검정 모자 밑에서 묘하게 반짝이는 두 눈도 두드러지는 점이었다. 자세히 눈여겨보면 서양 액션 영화에 등장하는 살인청부업자의 모습에 아주 가까웠다. 하지만 그런 특징들과는 달리 그는 성공하지 못한 화가일 뿐이었다.

나는 그림 전시장에 잘 가지도 않지만 관심도 없다. 그래서 그의 집을 방문하고서야 그의 작품들을 볼 수 있었다. 나는 미술 전문가가 아니기에 그의 작품을 평가할 수 없지만 특이한 점을 하나 발견했다. 거의 모든 작품들이 하늘 높이에서 아래쪽을 내려다보며 그려져 있었다. 즉 높은 곳에서 내려다보는 시각으로 그림을 그린 것이었다. 부감이라는 단어가 품고 있는 새의 눈이 곧 그의 시각인 셈이었다.

작품들보다도 내가 관심이 가는 곳은 그의 침대였다. 접어 놓은 이불이 침대 머리맡에 놓여 있었다. 이불은 단 한 번도 펼쳐진 적이 없는 듯 했다. 침대는 사용한 흔적이 없는 먼지 투성이였다. 거미줄이 두껍게 걸려 있기도 했다. 침대를 보고 그에게 물었다.

"어젯밤 어디에서 잤어요?"

"나무 위에서…"

그가 나를 돌아보지도 않고 작품들을 정리하다가 말했다.

"나무 위에서 잤다고요?"

그는 내가 한 말을 듣는 둥 마는 둥 내 옆에 앉으면서…

"실례지만… 담배연기를 제가 있는 쪽으로 내뱉지 말아주세요"라고 했다. 그리고는 물었다.

"사람들은 왜 먹지도 못하고 마시지도 못하는 것에 중독되는 걸까요?"

"먹지도 못하고 마시지도 못하지만 연기는 맡을 수 있으니까 그렇죠."

그가 담배를 피거나 술을 마시는 것을 본 적이 없다. 그가 코트에서 사과 한 개를 꺼내서 씹고 있길래…

"당신이 사과를 좋아하는 것과 다를 바 없어요."

"나는 과일이라면 다 좋아해요. 제일 좋아하는 것은 보리수 열매고…"

"농담이 재미없네요."

그가 나를 빤히 쳐다보면서…

"그럼요… 인간은 이해하기 가장 어려운 생물이니까요…"

"가장 지능적인 생물이기도 하죠."

라고 내가 말을 덧붙였다. 그는 머리를 좌우로 흔들었다.

"나는 그 지능이라는 단어가 의심스러워요. 인간의 역사를 둘러보면 지능이란 결국 아름다움을 파괴하고자 하는 욕망, 억누름, 자기중심주의, 전쟁을 확산하는 것을 말하는지…"

"당신은 부정적인 사람인 것 같네요…"

"사실은 이 세상에 악도 선도 없어요. 자연의 섭리만이 있을 뿐이죠."

"나는 그저 평범한 사람이지만 '누가 물을 발견했는지는 몰라도 물고기가 아닌 것만은 분명하다'라고 말한 마셜 맥루언의 말을 인용하고 싶습니다."

그는 재미있다며 웃었다.

"맞아요. 당신도 나도 창조주가 아니에요. 그렇다고 창조물도 아니고요."

나는 그와의 논쟁을 이어가지 않기로 했다. 그가 남다른 이념들을 가지고 있다는 것을 알아챘기 때문이다. 한번은 같이 앉아 있다가 그가 이런 말을 했다.

"보세요… 꼿꼿하게 서서 걸어 다니는 인간이 세상에서 제일 못생긴 생물이에요. 그렇지 않나요? 어떻게 생각하세요?"

"어떻게 생각해야 될지 모르겠는데요."

그가 진지한 목소리로 말을 이어갔다.

"생물들 중에 말이 제일 아름다워요. 승마용 말을 본 적이 있나요? 마신(馬身)은 비율이 절묘하고 조화로워 아름답기 그지없지요."

"그렇다면 당신은 말이 되고 싶은 건가요?"

"아니요. 내가 되고 싶은 것은 새예요. 새는 정말 특별한 생물이에요. 새들에겐 업통(業通)[허공을 마음대로 통과하여 갈 수 있는 신통]이 있어요. 하늘을 날아다니는 모습을 보면 알 수 있지요. 다른 생물들처럼 육지에서도 생활이 가능한데 가마우지 같은 새는 잠수도 할 수 있답니다."

그 후로 우리가 함께 가곤 했던 찻집에서 그를 만나면 그는 내게 특이한 동물들의 이야기만 했다.

"이집트의 스핑크스는 아주 특이한 동물이에요. 사자의 몸에 남자의 머리가 달려 있잖아요. 우리나라의 마누띠하[사람의 몸통에 사자의 엉덩이를 합친, 6개의 다리를 가진 영물]와 비슷하게 생겼죠. 그리스의 스핑크스는 또 달라요. 여자 머리에 가슴과 날개까지 달려 있어요. 사람 머리에 개의 몸과 뱀의 꼬리가 달린 스핑크스들도 있답니다."

그는 불교 신화에 등장하는 킨나라[반인반조], 용, 인어, 삔

싸유빠[코끼리의 코와 상아, 사자의 머리, 사슴의 다리, 흰따새의 날개, 잉어의 몸체와 꼬리를 지닌 신화 속 동물] 같은 동물들의 이야기를 할 때도 있었다. 오디세이아 서사에 나오는 영웅 오디세우스의 여정, 천일야화에 등장하는 선원 신드바드의 여행에 나온 특이한 동물들의 이야기를 하기도 했다. 그의 손에 『환상의 동물학』이라는 책이 들려 있는 것이 자주 눈에 띠었다. 나는 갈수록 지겨워졌다.

"이거 다 설화에 등장하는 동물들이잖아요…"

"부처님은 마음이 경이로운 만큼 세상이 경이롭다는 가르침을 설파하지 않았던가요? 나는 이 모든 동물이 실제로 존재한다고 믿어요. 어느 날 당신한테 실제로 보여줄 거예요."

"그래요, 인어아가씨가 잡히면 나한테 데리고 와 보시죠."

한번은 진짜로 데리고 왔다. 인어아가씨는 아니지만 아름다운 여인이었다. 그는 여인이 어느 대학교 동물학과에서 근무하는 보조강사라고 소개했다. 그녀는 버드 워처라 불리는 조류관찰자로서 새들을 지켜보는 데 관심이 많은 사람이었다. (조류관찰자들은 망원경과 카메라를 한 대씩 둘러메고 새들을 찾아다니며 지켜보고 새들의 습성에 대해서 연구하고 기록한다.) 두 사람이 어떻게 만났는지 나는 모른다. 여인은 그를 극진하게 존경하는 것 같았다.

여인이 나한테 이렇게 귀띔했다.

"그는 새들에 대해서 어느 전문가나 교수 못지않게 설명을 잘합니다. 그와 만난 것이 나로서는 조류대백과를 주운 것과 같아요."

여인의 말을 듣고 그가 미소를 지으면서…

"당신이 한 번도 본 적이 없는 새를 보여줄게요."

"언제 보여주실 건데요?"

"언젠가 보여줄게요."

이 만남 이후 난 사정이 있어 지방에 내려갔고 그들과는 한동안 연락이 끊겼다. 양곤에 돌아오자마자 들은 소문은 보조강사를 하던 여인이 정신병원에 가 있다는 것이었다. 나는 그녀를 만나야만 할 것 같은 의무감에 병문안을 갔다. 아름다운 눈동자가 약간 멍해진 것 외에는 정신 나간 사람 특유의 증상이 보이지 않았다. 그녀가 작은 목소리로…

"아무도 내 말을 믿지 않지만 당신은 이해할 것 같아요. 그… 그는 인간이 아니에요. 그는 새였어요. 그러니까… 어떻게 설명해야 할까요. 사람과 새가 합쳐진 생물이죠. 검정색 롱코트를 그냥 걸치고 있는 것이 아니었어요. 그의 등에서 자라고 있는 날개를 숨기려고 그랬던 거였어요."

여인을 위로할 말도 찾지 못한 채 나는 그녀와 작별하고 돌아서야 했다. 자리에서 일어나는데 그녀가 손에 꽉 쥐고 있는 물건이 내 눈에 들어왔다. 그것은 금빛 새털이었다.

(추신)

그때 이후 화가는 이 세상에서 사라진 듯 흔적조차 찾을 수 없었다.

부채와 사람

조문객들을 화장터로 데려가는 차 안에서
한 청년이 기념으로 부채를 나눠 줬다.
부채를 나눠 주는 것은 미얀마 전통이기도 하다.

나는 인간들이 언제부터 부채를 사용했는지에 대해 명확하게 알지 못한다. 부채화석이 발견됐다는 말도 들어 본 적이 없다. 시간을 낭비해가며 연구해 볼만큼 부채가 대단한 것 같지도 않다. 그래서 부채를 발명한 자의 이름을 후손들이 기억할 수 있도록 아무도 기록해 두지 않은 것 같다. 반면 라이트 형제, 에디슨, 구텐베르크 등의 이름은 사람들이 기억한다.

　비행기(라이트 형제가 발명)를 한 대도 소유하지 못한 나는 의자에 앉아 부채 하나로 무더운 여름과 싸우며 이런 생각을 하고 있었다. 창문 가까이 앉아 있었지만 이상하게 바람이 죽은 듯 멈춰버렸다. 바람 한 점 불어오지 않지만 나에겐 부채가 있어 손만 살짝 움직이면 즉시 바람이 일었다. 내 부채질은 자연스럽지 않다. 중국 무술 영화에 등장하는 배우의 부채질처럼 아름답지도 않다.

영화에서 볼 수 있는 부채는 접을 수 있는 접이식 부채다. (그런 부채는 문학 유단자들의 상징이다.) 그들은 얇은 종이부채로 쇠로 만든 칼, 창 등의 대형 무기들을 방어하는가 하면 싸움을 이기기도 한다. 싸우는 도중에 손에 든 부채를 멀리 던졌다가 나비처럼 바람에 휘날리는 부채를 다시 잡아내는 모습을 보면 놀랍기만 하다. 그저 감탄할 수밖에 없다. 그러나 가끔은 부채를 잡은 유단자가 주인공이 아니라 악당일 때도 있다. 악인의 부채는 마음대로 넣고 뺄 수 있는 가시가 들어있거나 독을 숨겨둔 무기다. 그럴 때는 예쁘고 귀여운 부채가 무서운 살인도구로 변한다.

중국, 한국, 일본 같은 나라들은 문화가 비슷해서 부채춤도 비슷하다. 나비처럼 부드럽게 펼쳐지는 것도 같다. 그러나 미국의 라디오 시대, 카우보이 시대에 전국을 순회하던 공연단 무희들의 부채춤은 거칠다. 부채를 사용하는 문화가 동쪽으로 퍼져나간 걸까? 접이식 부채를 사용하는 문화가 미얀마에서는 언제부터 시작되었을까? 미얀마 전통 부채는 접이식이 아니다. 하지만 미얀마에서도 오래전부터 접이식을 널리 사용해왔던 것은 분명하다. 돈이 있는 사람들은 단향목의 목재로 접이식 부채를 만들어 사용했다. 부채질을 하면 시원한 바람과 함께 단향의 향기가 솔솔 날아오기 때문이다.

"혹시 부채 있어요?"

내 상상은 이내 끊어졌다. 문 앞에 서서 질문을 한 사람은 옆방에 사는 남자였다. 뚱뚱한 그는 상체에 내의만 걸쳤는데도 땀에 젖어 있었다. 우리 방에는 부채가 많다. 잠잘 때 다들 부채를 하나씩 들고 모기장 안으로 들어간다. 너무 덥기 때문에 시원한 요 위에 누워 몸을 뒤척이며 부채질을 계속해야만 잠들 수 있다. 바람이 들어오도록 창문을 열어놓고 잘 수는 없다. 얼마 전에는 이웃집에 열어 놓은 창문으로 도둑이 들어와 TV를 훔쳐갔다는 소문이 돌았다. 이웃남자에게 부채 하나를 빌려 주면서 내가 물었다.

"그저께 선풍기 사오지 않았어요?"

"전기가 끊겼잖아요."

그는 부채질을 하면서 갔다. 그것도 그렇다. 전기가 끊기면 선풍기를 틀지 못한다. 부채는 전기가 필요 없어 그런 어려움을 모른다. 팔이 조금 아플 뿐이다. 문득 킹마웅우가 생각났다. 그는 외국 선박의 고위 직원이었는데 얼마 전 우리 집을 방문했다. 집에 설치한 에어컨이 고장 나서 우리 집 근처에 수리하러 왔다가 들렀다고 했다. 그는 더위에 고통을 느끼는 것 같았다. 에어컨이 있는 집들은 바람이 들어올 수 있는 구멍이란 구멍은 거의 다 막아놓기에 에어컨이 고장 나면 더 심한 더위를 견뎌야 한다. 전기가 끊기면 집에 설치한 발전기를 돌릴 수 있지만 에어컨이 고장 나면…

"자… 더우면."

내가 그의 앞에 부채 하나를 내놓았지만 그는 손도 대지 않았다. 한 번도 본 적 없는 물건인 양 쳐다만 봤다. 그처럼 상류층에 속한 사람들은 부채 같은 것은 거들떠보지도 않는다는 표정이 얼굴에 고스란히 묻어났다. 나도 계속 권유하고 싶지 않았다. 사실 부채를 조금 발전시킨 것이 선풍기다. 부채를 고도로 발전시키면 에어컨이 된다. 부채나 에어컨이나 무엇이 다른가? 그는 "덥다"라는 말 한마디만 하고 돌아갔다.

얼마 지나지 않아 우기에 접어들었고 우리는 부채를 잊어버렸다. 주변에서 불어오는 바람이 필요한 양보다 더 많아서 창문을 닫아 놓아야 하는 계절이 돌아왔다. 어느 날 킹마웅우가 세상을 떠났다는 소식이 들려왔다. 뇌졸중이란다. 그래도 한때 가까웠던 정 때문에 그의 장례식에 참석하기로 했다. 조문객들을 화장터로 데려가는 차 안에서 한 청년이 기념으로 부채를 나눠 줬다. 부채를 나눠 주는 것은 미얀마 전통이기도 하다. 부채의 한쪽 면에 다음과 같이 쓰여 있었다.

우 킹마웅우

45세

자신과 같은 부류의 사람들은 부채에 관심 없다던 킹마웅우의 표정이 아무 이유 없이 떠올랐다.

산과 사람

"인간은 누구나 어떤 한 가지에 미치기 마련이란다, 빠빠야."

"아빠가 옛날에 수많은 산에 오른 산악인이었다면서요?"

아들의 질문에는 의심이 잔뜩 스며 있었다. 그의 눈앞에 불도그처럼 앉아 있는 뚱뚱하고 배 나온 50대 아저씨가 산악인이었다는 사실이 동화처럼 들렸던 모양이다.

"그럼. 아빠가 지질학을 전공했잖니. 그때 우리 학과는 신체검사를 받아가며 산과 숲을 돌아다니면서 현장연구를 많이 했지. 산악회에도 가입했고. 미얀마에서 높다는 산들은 거의 다 올라가 봤단다."

그제야 비로소 아들이 웃으며 말했다.

"이제는 아빠 꿈속에서나 산에 오르시죠? 산악인으로서의 삶은 결국 포기하신 거 맞죠?"

"아니야. 나는 지금도 매일같이 산에 올라가고 있어. 다만 다리가 아닌 마음으로 오르고 있을 뿐이지."

아들이 그를 이해하든 말든 전혀 개의치 않고 그냥 사무실로 들어가 버렸다. 사무실 책상 위에는 초록색 파일이 하나 놓여 있었다. 파일을 펼쳐보면서 살펴볼 것은 살펴보고, 서명할 것을 서명해야 했다. 이것도 그에게는 하나의 산이었다. 그는 파일을 멀찍이 밀어버리고 힘없이 의자에 앉았다. 그리고 이내 깊은 한숨을 내쉬었다. 그런 한숨 하나하나는 그가 산과 같은 존재들을 통과하면서 얻은 습관이었다.

서랍을 열어 담뱃갑을 꺼냈다. 그가 혈관질환을 앓고 있다는 진단을 받은 후 아내인 밍밍무는 집에서 담배를 피우지 못하게 했다. 아내는 그의 담뱃갑을 억지로 뺏어갔다. 유일하게 사무실 책상 서랍만이 지금까지 밍밍무의 간섭을 받지 않고 버티고 있는 곳이다.

그녀가 담배를 못 피우도록 그를 열심히 통제하는 것은 의사의 지시를 따르고 싶어서일까? 그가 죽기라도 할까 두려운 것일까? 매일 황금 알을 낳아 주는 백조를 잃을까 걱정하는 건 아닐까? 그의 손에 쥔 담배가 산과 같은 무게로 다가왔다.

담배를 깊이 들이마신 후 연기를 내뿜었다. 그 연기 속에서 몇 개의 산들이 연기처럼 날아갔다.

대학 시절 그가 아주 사랑했던 애인이 있었다. 하지만 졸업도 하기 전에 헤어졌다. (그녀는 작년에 고혈압으로 세상을 떠났다.) 졸업하고 나서 그는 외항선 선원으로 취직했다. 그때부터 바다가 그에게는 산이 되었다.

외항선 근무를 마치고 두 번째로 귀국했을 때 부모님 마음에 든 밍밍무라는 여자를 소개받아 결혼했다. 여러 나라를 돌아다니고 있던 그에게 여자는 발밑에 있는 산 하나에 불과했다. 사랑에 대해서는 생각조차 하지 않았다. 사랑은 그가 발을 디딜 생각조차 하지 않던 아득한 산정이었다.

왔다갔다 배를 타면서 10년이라는 세월이 훌쩍 지나갔다. 높은 급여를 받으며 진급했고, 돈을 넉넉히 모은 후에는 외항선원을 그만두고 회사를 차렸다. 외항선원을 모집하는 회사와 여행사를 운영했다. 기회가 닿는 대로 수출입에도 손을 댔다. 사업은 나쁘지 않았지만 나름대로 어려움은 있었다. 그런 어려움은 그의 도전 정신을 자극하는 산이기도 했다.

그들 부부는 아들 하나를 얻었다. 아들은 대학까지 졸업했고 지금은 그의 회사에서 높은 자리를 차지하고 있었다. 그러나 아들은 일에 대해 관심을 보이지 않았다. 무엇을 하고 싶은지 알 수 없었다. 작곡을 한답시고 기타를 치고 이해할 수 없는 그림을 그렸다. 새로운 모델의 자동차가 출시되면 수단과 방법을 가리지 않고 사서 몰고 다녔다. 예쁜 여자들을 계속 바꿔가며 데이트를 했다. 한 지붕 밑에 살고 있는 그와 아들의 사이를 수많은 산들이 갈라놓고 있었다.

"오빠, 담배 그만 피워야 할 것 같은데? 빠빠가 계속 지켜봤는데 벌써 세 개비째야"

그는 담뱃갑을 서랍 안으로 다시 집어넣었다. 그녀는 작은 밍밍무다. 하지만 그녀를 향한 나의 감정은 깊은 산과 같다. 우유빛깔 피부와 초롱초롱한 눈 때문에 가슴이 뛰는 것일까? 달콤한 목소리와 보조개를 띈 미소에 반했을까? 그녀와 함께 영화를 서너 편 본 적이 있다. 저녁도 서너 번 같이 먹었고 귀한 선물도 몇 번 사준 적이 있다. 그녀는 대체로 내 말을 잘 받아 주는 편이다. 그에게 그녀는 아름다운 꿈의 산이었다.

그의 바로 앞에 놓인 빠빠의 책상 뒤쪽 벽에는 지인이 선물한 수놓은 그림이 걸려 있었다. 거인 뽕나가 위두라라는 지체 높은 관리를 말 꼬리에 묶고 긴 산맥을 질주하는 장면을 묘사하고 있었다. 그가 험한 산맥으로 질질 끌려갈 때 앞에서 말을 모는 작자는 도대체 누구일까? 카르마일까? 이기심일까? 자기 착각일까?

"오빠, 무슨 생각해요?"

"산을 생각하고 있지."

빠빠가 웃었다. 그리고

"산악인들은 다 미친 것 같아요. 정상에서 전망을 보고 싶다는 이유 때문에 목숨까지 걸면서 산에 오르려고 하니 말이에요."

"인간은 누구나 어떤 한 가지에 미치기 마련이란다, 빠빠야."

"오빠는 어떤 목적으로 산에 올랐어요?"

"사람마다 목적이 다 다르지. 어떤 이는 자랑하고 싶어서, 어떤 이는 실력을 뽐내고 싶어서, 어떤 이는 모험하고 싶어서, 어떤 이는 자신의 의지를 실험해 보고 싶어서, 어떤 이는 고집 때문에 산에 오르지."

"오빠는요?"

"내가 등산을 한 이유는…".

그는 한참이나 머뭇거리다 한마디씩 무겁게 풀어놨다.

"산이 있었기 때문이지."

삼계(三界) 육도(六道)
오페라

내 얼굴에는 어떤 탈이 씌워져 있을까?

파티장으로 들어가는 문은 하나 밖에 없었다. 들어가는 입구인 대문 옆에 테이블이 하나 놓여 있고 그 위에 수많은 가면이 쌓여 있었다.

파티장으로 들어올 때 가면을 하나씩 얼굴에 쓰고 들어오라는 문구도 테이블 위에 써 있었다. 나는 내 손에서 가까운 가면 하나를 들어 얼굴에 썼다. 순식간에 내 얼굴은 사라지고 가짜 얼굴 하나가 나타났다. 나는 천천히 큰 걸음으로 홀 안으로 들어갔다.

사람들이 목에 힘을 주며 대화하는 소리, 술잔에 술잔이 부딪히는 소리, 틀어 놓은 TV 소리, 바닥에 신발이 긁히는 소리, 숟가락과 포크가 그릇에 부딪히는 소리, 오케스트라의 연주 소리, 헛기침 소리, 갖가지 웃음소리, 의상들이 서로 스치는 소리. 구분 할 수 없을 정도로 많은 소리를 토해놓는 홀에서 폭음이 끊임없이 펑펑 터지고 있었다.

홀에 고정시켜 놓은 전구와 형광등 불빛은 눈부실 정도로 강했다. 벌집 속에서 막 알을 깨고 나온 새끼 벌처럼 난 갑작스러운 소란에 당황했다. 시간이 한참 지나고 나서야 홀 안에 있는 빛과 소음에 익숙해졌다.

아무도 나를 환영하거나 예를 갖춰 맞이하지 않았다. 파티를 개최한 사람 즉 나에게 초대장을 보낸 사람을 구석구석 둘러보며 찾아봤다. 하지만 이내 쓸모없고 바보 같은 짓이라는 것을 깨달았다. 홀 안에 있는 사람들은 하나같이 본 모습을 하고 있지 않았기 때문이었다. 얼굴에 본래의 모습과 전혀 상관없는 가면 하나씩을 쓰고 있지 않은가.

나한테 초대장을 보내고 이 파티를 주최하는 자도 가면을 쓰고 있을 것이 뻔했다. 그는 어떤 탈을 쓰고 있을까? 원숭이? 곰? 공작새? 아니면 양의 탈을 쓰고 있을까? 나는 주최자를 구별해낼 재간이 없었다.

구석에서 TV를 보고 있는 소가 주최자일까? 와인을 마시고 있는 눈이 빨간 사자가 초대장을 보냈을까? 오케스트라에서 카멜레온 탈을 쓰고 연주하고 있는 사람이 그 사람일까? 오케스트라가 연주하고 있는 곡이 레띠스님의 〈어리석음은 밝지 못하리…〉라는 시조인 것을 발견하고 놀랐다. 눈부실 정도로 빛을 발산하고 있는 홀에서 빛이 통과하지 못하는 어둠은 '무명(無明)[인간의 괴로움 또는 근본 번뇌]'의 어둠일 수밖에 없다. 홀 밖에서는 밤이 캄캄한 어둠을 통제하고 있을 것이다. 하지만 홀 안에는 밤이 없었다. 밤을 잊은 사람들만 모여 있었다. 굳게 닫힌 유리창에 두터운 커튼이 둘러쳐져 어둠을 볼 수 없는 것일까?

늑대 한 마리와 표범 한 마리가 서로를 바라보며 웃고 있었다. 당나귀는 날짜 지난 신문을 조용히 읽고 있었다. 뱀 두 마리는 서로의 허리를 안고 흔들흔들 춤을 췄다. 웨이터 유니폼을 입은 물개가 들고 온 쟁반에서 음료수 한 컵을 들어 올려 마셨다. 잔 안에 담긴 금색 액체가 화산의 용암처럼 뜨겁게 식도를 훑으며 흘러내렸다. 향기도 맛도 별로 없었다. 그런데 그 액체에서 왜 금빛이 났을까?

"지금 몇 시예요?"

옆에 있는 부엉이한테 물었다.

"이 홀에는 시계가 없어요"라고 작은 목소리가 답했다. 그렇다. 유심히 살펴보니 홀 안에 시계가 하나도 없었다.

"시간은 왜 물어보세요?"

여우가 물었다.

"이 파티가 언제 끝날 것인지 알고 싶어서요."

"날이 밝으면 끝나겠죠."

독수리가 웅얼대면서 답했다.

"흠… 저는 오페라 한 편을 보고 있는 느낌인데요."

"모두 조용히 하세요. 이쪽으로 얼룩말이 걸어오고 있어요."

누가 말을 했는지 모르겠지만 경고하는 소리가 들렸다.

어리석음은 밝지 못하리…

노래가 반복해서 흘러나오고 있었다. 이 파티가 어떤 목적으로 열렸고 나는 왜 이곳에 온 것일까? 모든 번뇌의 근원인 무명(無明)때문인가? 토할 듯 메스꺼운 불빛과 소리들 그리고 어수선한 동물들이 한 편의 오페라를 연출하듯이 내 앞에서 살아 움직이고 있었다.

동물,

그 말이 나를 심하게 흔들었다. 홀 안에 있는 모든 사람들의 얼굴에 동물 한 마리씩의 탈이 씌워져 있었다. 그 모든 가면을 난 바라보고 있었다. 하지만 나는 내 얼굴을 덮고 있는 가면은 볼 수 없었다. 탈을 쓰는 순간에 아무런 생각이 없었다. 손으로 얼굴을 더듬거리며 만져봤다. 두려움이 쌓여갔다. 섬뜩하고 묘한 느낌을 주는 가면은 얼굴에서 떼어낼 수 없을 정도로 단단히 붙어 있었다.

호기심이 강하게 일었다. 내 얼굴에는 어떤 탈이 씌워져 있을까? 많이 궁금했다. 만약 이 글을 읽고 계신 독자께서 내 얼굴에 덮인 탈을 알고 계신다면 제발 내게 연락 주시길…

---

* 삼계(三界): 중생이 윤회하는 욕계, 색계, 무색계의 세계를 가리키는 불교 용어
* 육도(六道): 중생이 몸과 말과 뜻으로 어떠한 업을 지었는가에 따라 태어나는 존재양
  상의 여섯 가지인 천(天)·인간(人間)·아수라(阿修羅)·축생(畜生)·아귀(餓鬼)·지옥
  (地獄)

새장 속 구름

나는 나하고 맞지 않는 것들과 맞지 않는다.
나하고 맞지 않는 것들이 나랑 맞지 않는다.

1

꿈속에서 자신이 꼭두각시 인형이 되어 있다면 이보다 더 공포스러운 꿈도 없을 것이다. 우리의 몸(팔다리와 머리)뿐만 아니라 마음과 생각까지 보이지 않는 줄들이 "나"를 조종하고 있다면? 이 무섭고 두려운 상황이 꿈이 아닐 수도 있다. 사실 우리는 언제 어느 때고 보이지 않는 줄들에 묶여 있다. 예를 들어

하루에 두 번 식사하기 (습관)

밤에 잠자기 (본능)

부모님 공경하기 (예절)

섹스 (욕구)

불평해도 웃어주기 (예의)

횡단보도 건너기 (법)

기도하기 (전통)

나무에 물주기 (의무)

인간이 자유로운 존재라는 게 의미가 있긴 한 것일까? 아니면 자유라는 것이 의미가 있긴 한 것일까?

나는 자유롭고 싶다. 어디에도 구속되고 싶지 않다.

2

하나님이 만물을 창조하셨다면 나의 여자친구, 사랑, 설레는 촉감, 만남, 발등 위의 작은 점, 기쁜 시간들과 그녀의 향기를 주심에 감사하는 마음으로 커피 한 잔 대접하고 싶다. 키가 큰 내 애인이 가끔 삐지기 때문에 커피에 설탕 한 스푼 정도는 덜 넣어 드리겠지만. 하지만 운 좋게도 나와 창조주는 한 번도 만난 적이 없다. 나와 맞지 않는 것들 중에 그도 포함되는 모양이다.

상표가 붙은 사람들, 싸구려 파우더, 파리가 앉았던 과일, 우리 아버지, 가짜 예술 등이 나와 맞지 않는다. 나는 이미 걸어온 길, 아는 척 하는 이념, 응아콩마(생선)의 비린내, 함부로 행동하는 여자들, 플라톤과도 맞지 않는다. 사실주의 단편, 부화뇌동, 경적 금지 동네, 혼자만의 착각, 때늦은 비와도 맞지 않는다. 크림을 뺀 연유, 기대, 포도를 본 적 없는 늑대들, 죽음, 축제와도 맞지 않는다. 나는 나하고 맞지 않는 것들과 맞지 않는다. 나하고 맞지 않는 것들이 나랑 맞지 않는다.

3

나하고 맞지 않는 것들 중에 낚싯바늘도 있다. 다이아몬드로 장식한 낚싯바늘, 벨벳 천을 씌운 낚싯바늘, 투명한 낚싯바늘, 입이 가벼운 낚싯바늘, 무장한 낚싯바늘, 몸매가 예쁜 낚싯바늘, 보수당원 낚싯바늘, 낚싯바늘 같지 않은 낚싯바늘, 꽃 꽂힌 낚싯바늘, 무지개인 척하는 낚싯바늘 등 수많은 낚싯바늘을 안다. 나는 낚는 사람이 아니라 낚이지 않는 사람일뿐이다. 젠콜콩 절임, 싸구려 영화, 공산주의, 경하하며 높여주기, 결혼하고 아이를 가지는 것, 본성 나쁜 지인들, 봄의 향기, 개구리 울음소리는 (나를) 유혹할 만한 좋은 미끼가 아니다. 나를 유혹할 수 있는 것이 있다면 그것은 전통을 깨는 것, 나의 애인, 그리고 시(詩) 뿐이다.

4

강 위를 가로지르는 다리를 건너다니는 것들이 꽤 많았다.

소떼 없는 채꾼, 강 건너편에서 꽃 파는 사람, 긴 겨울, 주인 없는 강아지, 빛바랜 왕관, 계절(그가 건너간 것을 사람들은 보지 못했다.), 미녀, 지나치게 돌아간 바퀴, (낙엽들과 섞여) 쓰레기장에서 날아온 신문지, 죽마, 멀지 않은 전쟁터의 폭약 연기, 두꺼비(마법에 걸린 왕자가 아님), 역사 몇 조각, 휠체어, 아이스크림 마차, 야래향 향기, 스쳐가는 돌풍, 구급차, 그림자, 햇살과 달빛, 발걸음 소리, 늙음과 젊음.

몇몇과 몇몇은 서로 마주치다가 등 돌려 멀어졌다. 몇몇은 몇몇을 추월하고 몇몇은 몇몇 뒤에 남아 있다. 몇몇은 만나고 몇몇은 멀어지게 된다. 몇몇은 앞으로 가고 몇몇은 뒤로 간다. 다리 아래 강물은 어느 쪽으로도 흐르지 않는다. 그 강은 얼어붙은 지 오래되었다.

샌들의 종말

그들은 하늘에서 떨어지는 구두가
하나님이 인간에게 내리는 벌이라고 믿었다.
"이것이 벌이라면 얼마든지 받을게요."

어느 날 우리 도시에 독특하고 기이한 비가 내렸다. 그날은 해가 유난히 밝았다. 우기도 아니었다. 그런데도 비가 내렸으니 특이하고 이상하지 않을 수 없었다. 그런데 그보다 더 기이한 것은 하늘에서 떨어져 내린 것이 빗방울이 아니라 수많은 구두였다는 사실이다. 그래서 말꼬리를 잡기 좋아하는 사람들은 '비가 내린다'라고 말할 수 없다며 아우성을 쳤다. 그렇다고 해서 '구두가 내린다'라는 표현도 받아들일 수 없는 일이었다.

그날은 정말 해가 유난히 밝았다. 하늘은 구름 한 점 없이 깨끗했다. 한낮이라 사람들은 가벼운 발걸음으로 움직이고 있었다. 그때 갑자기 바람이 강하게 불어왔다. 하늘에서 떨어져 내리는 검정색 물체를 거리에 있던 사람들이 먼저 발견했다. 처음에는 다들 엄청난 새떼가 몰려온다고 생각했다. 거리에서 사람들이 아우성치는 소리를 듣고 호기심 많은 사람들이 집밖으로 뛰쳐나왔다. 그리고 잠시 후, 후드득 수많은 검정색 물체들이 땅으로 떨어졌다. 그 물체들은 놀랍게도 검정 구두들이었다.

사람들의 반응은 다양했다. 어떤 사람들은 환호하듯 크게 소리를 질렀고 어떤 사람들은 겪어본 적이 없는 특이한 상황에 두려워했다. (그 사람들은 바나나나무에서 코코넛이 열리는 것을 본다 해도 두려워할 부류였다.) 사람들은 놀란 가슴을 쓸어내리며 사방으로 도망치듯 사라졌다. 외양간으로, 우물 속으로, 침대 밑으로 들어가 숨었다. 신앙이 깊은 종교인들은 교회에 모여 기도를 했다. 그들은 하늘에서 떨어지는 구두가 하나님이 인간에게 내리는 벌이라고 믿었다. "이것이 벌이라면 얼마든지 받을게요"라고 말하는 사람들도 있었다. 그 사건 덕에 부자가 된 사장처럼 말이다. 그는 가족과 함께 바구니를 들고 나와 도로 위에 떨어진 구두들을 마구 주워 담았다. 그리고 제일 큰 사거리에 우리 도시에서 가장 큰 구둣가게를 열어 부자가 되었다. 그리고 가게 이름을 '금천문'이라고 지었다.

어떤 사람들은 즉석에서 곡을 써 이 사건을 축하했다. 약삭빠른 제빵사는 구두모양의 케이크를 만들어서 팔았다. 유행에 뒤쳐지고 싶지 않은 사람들이 몰려들어 이 빵을 사 먹었다. 식당, 미장원, 로또 판매처 등 많은 가게들이 가게이름을 '구두'라고 바꾸고 영업하기 시작했다. 심지어 필명을 '구두'로 바꾼 작가도 등장했다.

그날,

구두는 도로, 정원, 빈터뿐만 아니라 지붕 위에도 떨어졌다. 호수에 떨어진 구두들은 보트를 이용해서 건져야 했다. 하늘에서 떨어진 구두를 가장 먼저 줍기 시작한 사람들은 서양식 바지를 입은 사람들이었다. 거리 위로 떨어진 구두를 신어보고 발에 맞는 구두를 한 켤레, 두 켤레씩 집으로 들고 갔다. 바지를 입지는 않았지만 구두를 그냥 두고 보지 못하는 사람들이 그 다음으로 많이 주워 갔다. (사건 이후에 제봉 가게에는 바지를 주문하는 사람들이 급격하게 늘어났다.) 주워온 구두를 빠소[미얀마 전통 남성용 하체 의상]와 함께 신는 사람들도 많았다. 뒤늦게 구두 줍기에 합류한 사람들은 구두가 발에 맞든 안 맞든 선택할 여지가 없었다. 어떤 구두는 신는 사람의 발보다 커서 천 조각을 발에 두껍게 감고 신어야 했다. 어떤 구두는 신는 사람의 발보다 작아서 뒤꿈치가 까지는 고통을 감수해야 했다. 돈 많은 사람들은 구두에 발을 맞추기 위해 병원에서 수술을 받는다는 말도 들려왔다.

결국 도로 위에는 구두 한 짝만 남았다. (하늘에서 떨어질 때부터 오른쪽과 왼쪽 한 켤레씩 짝 맞춰 떨어졌다.) 한 짝만 남아 있는 오른쪽 신발은 오른발을 잃고 쌍지팡이를 짚고 다니는 사람이 왼쪽 구두를 주워 가는 바람에 남겨진 것이었다. 짝이 없어 마지막까지 남은 그 구두 한 짝은 어린 아이가 들고 갔다. 햄스터 한 마리를 키우고 있었지만 햄스터를 위해 집을 마련해 주지 못할 정도로 가난한 아이였다. 아이는 주워온 구두를 햄스터 집으로 사용했다. 그 아이만큼이나 운이 없는 사람은 우리 도시에서 꽃을 파는 사람이었다. 그의 밭에서 곧 피어오를 꽃들이 하늘에서 떨어진 구두 때문에 모두 짓물러 버렸다. "이번 계절에는 꽃이 다 떨어져 꽃을 보지 못하겠네"라며 밭주인이 웅얼거렸다. 하지만 사람들은 꽃보다 구두에만 관심을 가졌다. 구두비가 내렸을 때 깜짝 놀라 도망쳤던 사람들도 다른 사람들이 하나같이 구두를 신고 시내를 돌아다니자 구두를 사서 신기 시작했다. (매일 '금천문' 구두 가게 앞에 줄 서서 기다리는 손님들 중에 그런 사람들이 제일 많았다.) 그렇게 '금천문'은 구두로 대대손손 먹고 살 만큼 큰 부자가 되었다.

　결국 거의 모든 사람들이 구두를 신는 탓에 샌들을 제작하는 업자들은 사업을 접어야 했다. 그래서 샌들 사업가 한 명이 도시에서 바지문화를 금지해야 한다고 외쳤다. 구두문화가 전통 관습에 적합하지 않다며 반대하고 나섰다. 하지만 지구가 납작하다는 말을 믿고 따르는 사람들의 수만큼이나 효과가 미미했다. 구두를 옹호하는 사람들은 구두가 멋있고 건강에도 좋을 뿐만 아니라 발이 돌부리에 걸리거나 가시를 밟을 위험으로부터 보호해 준다며 구두의 장점을 연구한 논문을 발표하기도 했다. '발의 안전을 위해 구두를 신자'라는 캠페인도 벌어졌다.

　구두들이 하늘에서 떨어진 날을 공휴일로 지정하려고 노력하는 사람들도 많았다.

　우리 도시에 구두비가 내렸다는 소문은 하루 이틀 만에 주변 도시로 퍼져나갔다. 특이한 내용을 주로 기사화하는 저널들은 그 사건을 큼지막한 머리기사로 내보냈다. 어떤 저널은 학자를 동원하여 이 사건이 특별하지 않다는 점을 강조하기도 했다. 그는 토네이도 같은 강력한 바람이 어떤 특정한 지역에 있는 구두들을 빨아 올렸다가 우리 도시 위에서 힘이 약해지면서 구두들이 다시 땅으로 떨어진 것이라며 현실성 있는 설명을 내놓기도 했다. 그런데도 방방곡곡의 호기심 많은 사람들은 우리 도시로 몰려와 이 사건을 확인하고자 했다. 하지만 대부분의 사람들은 구두 한 짝도 구경하지 못하고 돌아갔다. 쓰레기더미에 개가 물어뜯어 찢어지기 시작한 구두 한 짝이 남아 있을 뿐이었다.

(추신)

열정 넘치는 기자 한 명이 나무 위 새집에서 그때 떨어진 것으로 추정되는 구두 한 짝을 사진에 담는 데 성공했다.

---

* 미얀마 사람들은 엄지와 둘째 발가락에 줄을 끼워 신는 샌들을 신는다. 결혼식이나 대통령 취임식에서도 전통 복장에 샌들을 신는다. 띳싸니에게 샌들은 미얀마인들의 정체성을 상징한다. [역자주]

연(鳶)

직장인들은 책상을,
주부들은 조리대 위 요리를,
농민들은 쟁기와 채찍을 내동댕이치고 따랐다.
각계각층의 사람들이 연을 쫓았다.

햇살 밝은 어느 날 아침, 줄 끊어진 연 한 개가 바람에 휩쓸려 내가 사는 도시 위로 날아왔다. 이건 그저 평범한 일이었다. 별로 놀라울 것도 없었다.

이렇게 날씨가 좋은 계절이면 사람들이 연을 날리거나 연 낚아채기 놀이를 즐긴다. 서로 더 높이 띄우려고 자기 얼레에 감아 놓은 실만큼 줄을 풀어 연을 띄어 올렸다.

하늘 위에서 연싸움이 벌어지면 서로의 연줄을 교차시켜 풀었다 감았다를 반복하다가 상대편의 실이 끊어지면 환호와 함께 연을 날려 보내며 즐거워했다.

지금 우리 도시 위로 휩쓸려온 연은 그렇게 줄 끊어진 연들 중 하나에 불과했다.

내가 사는 도시는 비행장에서 멀리 떨어져 있어 도시 위로 비행기가 날아가지 않는다. 가끔 길 잃은 새 한 마리만 날아와도 신기하다며 사람이 몰려들곤 했다.

그날 '연이 날아온다'라고 처음 외친 사람은 UFO에 관한 논문을 연구하던 한 퇴직자였다.

가족이 없는 그는 퇴직한 이후 늘 하늘만 관찰하며 살았다. 작년에도 이 남자 때문에 온 도시가 떠들썩했다.

상공을 반짝이며 나는 물체가 UFO라고 떠들었기 때문이다. 그 물체는 날씨 예측을 위해 기상청에서 띄운 풍선으로 밝혀졌다.

그러나 그에게 포기는 없었다.

언젠가는 UFO의 존재를 증명하겠다고 큰소리를 치고 다녔다. 오늘도 그는 운이 나빴던 모양이다. UFO 대신 줄 끊어진 연만을 발견했으니 말이다.

그가 외치는 소리를 듣고 아이들은 난리가 났다. 바람에 휩쓸려 하늘을 날고 있는 연을 따라 아이들이 달리기 시작했다.

한 명에서 수백 명으로 늘어난 아이들

놀이터에 있던 아이들

교실에 있던 아이들

밭에 있던 아이들

모두가 하나같이 소리를 지르며 연을 쫓아갔다. 그 연은 누구의 연일까? 어느 지역에서 날아왔을까?

이 연을 누가 끊었으며 끊은 이유가 무엇일까? 아무도 신경 쓰지 않았다.

사실 생각할 가치도 없었다.

아이들은 왜 연을 따라가는 걸까? 행복을 위해서일까? 아니면 얼마나 잘 달리는지 보여주고 싶은 걸까? 놀이로 여기는 걸까? 설마 아무런 목적도 없이 따라가는 것은 아니겠지?

장난기가 발동한 어른들이 아이들 뒤를 쫓았다. 그러자 잇따라 근거 없는 소문들이 떠돌기 시작했다.

끊어진 연은 보통 연이 아니다.

보상금을 받을 수 있는 연이다.

경품권이 붙어 있는 연이라는 말도 돌았다. 연을 줍는 사람에게 연 주인이 금 160그램을 상금으로 준다는 뜬소문도 사람들 입에 오르내렸다. 6박7일 프랑스(파리)여행이 상품이라고 떠벌리는 사람들도 있었다.

연을 따라가는 사람들이 점점 더 늘어났다. 직장인들은

책상을, 주부들은 조리대 위 요리를, 농민들은 쟁기와 채찍을 내동댕이치고 따랐다. 각계각층의 사람들이 연을 쫓았다.

연을 따라가는 인파로 길이 막혔다.

시간이 멈췄다.

공원이 훼손됐다.

강과 호수가 오염됐다.

비둘기가 멸종했다.

환경보호운동가들이 생태계를 보호할 필요성을 설파하고 홍보했다. 엄청난 인파를 보자 실존주의자들이 자신들의 이념을 가볍게 저버렸다.

방송사는 연을 따라가는 사람들에 대한 보도를 쉬지 않고 생방송으로 중계했다. (윌리엄과 케이트의 왕실 결혼식을 제외하고는 가장 높은 시청률을 기록했다.)

사람들은 연을 따라가는 걸까, 욕심을 따라가는 걸까? 한 사람의 생각에 수많은 사람들의 생각이 흡수되어 어디론가 흘러가고 있는 것은 아닐까?

한 명 뒤에 한 명이 아무생각 없이 그저 따라가고 있는 것은 아닐까?

학계에서는 이 사건을 역사적인 관점에서 바라보는 진영과

정신적인 관점에서 논하는 진영으로 나뉘어 논쟁했다.

연을 따라 다닌 지 일주일이 넘었다. 연이 어디로 갔는지 아무도 알지 못했다. (이틀 전 어두운 밤중에 줄 끊어진 연을 놓쳐버렸다.) 그럼에도 불구하고 포기하지 않는 사람들은 계속해서 사라진 연을 쫓았다.

연을 따라가면서 다치는 사람들, 사망하는 사람들이 생겨났다.

그렇지만 좌절해서 돌아온 사람은 없다고 했다.

연을 따라가는 사람들의 생각이 점점 발전하고 있었다. 어떤 사람들은 바람이 부는 방향을 기반으로 연이 어느 쪽으로 향했을지를 계산했다.

또 다른 사람들은 줄이 끊어진 연을 추적할 수 있는 기계를 개발했는데, 지뢰 찾는 기계에 착안해서 만들었다고 했다.

앞날을 예언하는 점쟁이에게 물어보는 사람들도 있었다.

아무튼 연이 어디로 갔는지 그 행방을 정확하게 말할 수 있는 사람은 아무도 없었다.

우주 비행사가 허공을 떠도는 연 하나가 우주에서 포착되었다고 발표했다. 하지만 그가 본 연이 우리 도시에서 날아간 연이라고 말하기는 어려웠다.

그렇기 때문에 사람들은 지금도 여전히 연을 쫓아 달리고 있다.

욕값

"돈을 주면 몸을 주는 사람,
사람을 죽여주는 사람,
똥을 치워 주는 사람도 있지 않습니까."

사람들은 의식주를 해결하기 위해 여러 생업에 종사하고, 온갖 수단을 동원해 생계를 유지한다. 난 지금까지 다양한 방법으로 밥벌이 하는 사람들은 만나봤다. 서커스에서 줄을 타는 사람, 장미를 재배하는 사람, 코브라나 살모사를 잡는 사람, 점을 치는 사람, 돈을 받고 살인하는 사람. 이 세상에는 먹고살기 위해 할 수 있는 일이 많다. 조금 평범하지 않은 일을 하며 살아가는 사람들도 있다. 얼마 전 그 사람(지금 소개 할 사람)을 만나고난 이후부터 그 사람의 생업만큼 특이한 직업이 또 없을 것이라는 생각이 들었다.

어느 무더운 여름날, 고속버스터미널에서 그를 만났다. 터미널에는 수많은 사람들이 오고가지만 누가 가는 사람이고 누가 오는 사람인지, 어디로 가고 어디에서 오는 사람인지 알 수 없다. 크고 작은 각종 짐을 들고 다니는 크고 작은 각종 사이즈의 사람들로 붐비는 이곳에서 그가 내가 앉아 있는 찻집으로 들어왔다. 그리고 나 혼자 앉아 있는 테이블에 자리를 잡고 앉았다. 그는 연한 녹차 한 잔을 시키며 싸구려 담배를 한껏 폼을 잡고 피워댔다. 담배연기를 싫어하는 나는 그에게서 날아오는 담배연기를 손으로 부채질하듯 쫓아버리며 짜증난 표정으로 그를 흘겨봤다. 그는 즉각 어떤 상황인지 눈치챘다. (빠른 상황 파악은 그의 직업상 습관이라는 사실을 나중에 알았다.)

"욕하고 싶으시죠?"

그의 솔직한 말에 나는 순간 놀랐다.

"욕하고 싶으면 하세요. 저는 어떤 반응도 안할 겁니다. 하지만 저한테 돈은 주셔야 합니다."

나는 그의 말을 바로 이해하지 못했기에 다시 물어봤다.

"당신 지금 뭐라고 했어요?"

"욕하고 싶으면 해도 된다고요. 그런데 욕값은 줘야 된다는 말입니다."

"네? 욕…값?"

"네 맞아요. 세상에 공짜는 없지 않습니까. 다 정당한 대가를 치러야합니다. 저는 사람들에게 돈을 받고 욕을 들어줍니다. 제가 생업으로 삼고 있는 것이죠. 그리고 욕을 들어주는 대가를 욕값이라 부릅니다."

이번엔 쉽게 이해가 됐다. 하지만 이런 직업은 들어보지 못했다.

"아주 독특한 일을 하시네요."

내가 그렇게 말하자 그는…

"특이하다고 말할 수도 없죠. 돈을 주면 몸을 주는 사람, 사람을 죽여주는 사람, 똥을 치워 주는 사람도 있지 않습니까. 돈을 주기 때문에 가짜로 울고 웃는 배우들도 있고요. 그런 사람들하고 비교하면 제 일은 그냥 평범합니다."

"일은 잘 됩니까?"

"생각했던 것보다 잘 되고 있습니다. 세상살이에 아주 적합한 일이라는 것도 점차 깨달았지요. 사람들은 여러 가지의 불편함과 불만으로 인해 많은 스트레스를 받고 삽니다. 그렇게 꽉 조여 있는 감정을 터트리고 싶어 하죠. 저 같은 사람이 있으니 천만다행인거죠. 사람들은 마음속에 꾹꾹 눌러두었던 불평불만, 그리고 이런저런 원인으로 뭉쳐있는 응어리가 다 풀릴 때까지 막 욕을 합니다. 제가 하는 일은 가만히 앉아

서 들어주는 겁니다."

그가 자신이 살아온 인생을 말하기 시작했다. 그의 어머니는 그를 낳고 돌아가셨기 때문에 그는 새엄마의 손에서 자랐다. 새엄마는 심보가 고약해 언제나 그를 욕하고 때렸다. 그럴 때면 술주정뱅이였던 그의 아버지는 말리기는커녕 함께 욕하고 같이 때렸다고 했다. 그가 열 살쯤 되었을 때 그의 부모는 그를 찻집에 취직시켰다. (월급은 새엄마가 받아갔다.) 그 찻집에서 설거지하고 서빙을 해야 했다. 찻집 주인은 언제나 직원들을 야단치고 욕했다. 그 가게에서 5년간 일을 한 후 농장에 취직했다. 닭을 많이 키우는 농장인데 주인은 마음씨가 좋은 사람이었다. 하지만 반장은 질이 아주 나쁜 자였다. 그는 노동자들에게 거칠고 심한 욕을 해댔다. 닭 농장에서 7년이나 버티고 나자 그에게 한 가지 능력이 생겼다. 욕을 먹는 것에 단련되어 어떠한 욕을 들어도 별 감정이 생기지 않는 능력이었다.

일을 그만 두고 무엇을 해야 할지 고민에 빠졌다. 닭에게 사료 주는 일은 자신 있다. 닭똥을 치울 줄도 안다. 설거지할 줄도 알고 서빙을 할 줄도 안다. 그 외에는 아무것도 할 줄 모른다. 그에게 능숙한 일이라고는 욕을 듣는 것밖에 없었다. 그래서 익숙한 일을 계속하기로 결심을 했다. 이 일은 그와 경쟁할 사람이 없다. 세상에서 남들이 안 하는 일을 해야 끼니가 보장된다. 처음에 그는 그를 이용할 사람을 찾기가 어려울 거라고 생각했다. 하지만 막상 부딪쳐보니 하나도 어렵지 않았다. 각자 다른 이유로 남녀노소를 가리지 않고 수많은 사람들이 욕을 하고 싶어 했다.

"입소문이 돌고 돌면서 저절로 홍보가 된 셈입니다. 지방에서조차 저를 찾는 연락이 옵니다. 고객이 경비만 부담해주면 아무리 먼 곳이라도 가서 욕먹어 줍니다. 제 단골들은 대학교수부터 시작해 시장에서 야채 파는 아줌마까지 계층이 다양합니다. 고객들 중에 욕을 잘 못하는 분들이 간혹 있는데 걱정할 필요 없습니다. 제가 욕하는 방법을 다양하게 적어주는 서비스를 제공하니까요. 물론 돈은 따로 받습니다."

아주 꼼꼼한 사람이라는 생각이 들었다. 그가 이 일을 시작한지 20년이 넘었다고 했다. 운전기사가 욕하는 방법, 몸 파는 여자가 욕하는 방법, 스님을 하다가 그만둔 사람이 욕하는 방법, 시인이 욕하는 방법, 은행장이 욕하는 방법 등등 하나같이 다 다르다고 했다. (그에겐 특기할만한 욕들을 기록해 놓은 두꺼운 공책이 있는데 출판해줄 곳만 찾는다면 원고를 팔고

싫다고 했다.) 그의 말에 따르면 여성들 중에서는 생선 파는 아줌마들이 욕을 제일 잘하고 남성들 중에서는 평론가들이 욕을 제일 잘한다고 했다. 그에게는 철칙이 하나 있었다. 아무리 돈을 많이 줘도 18세 미만의 아이들한테는 절대로 욕을 못하게 하는 법칙이었다. 독특한 점은 하나 더 있었다.

"저는 지금까지 어느 누구도 욕해본 적이 없습니다. 욕하기 위해서 돈을 헛되이 사용하고 싶지 않으니까요." 그는 자리에서 일어나면서

"이만 가보겠습니다…. 지방에서 편지로 저를 부른 사람이 있어서. 참… 찻값은 당신이 계산하는 거로 하시죠. 저 같은 사람을 만나 대화를 나눈 시간이 차 한 잔 정도의 가치는 되지 않을까요?"

그 말을 마지막으로 그는 나를 등 뒤에 남겨둔 채 찻집에서 나갔다. 그는 그가 말한 일을 정말 하고 있을까? 말을 가지고 장난을 치는 사람이었을까? 알 수 없었다. 가만히 앉아 있다가 그 사람을 욕하고 싶은 마음이 생겼다. 그래서 마음껏 욕을 해버렸다. 다만 마음속으로 욕을 했으니 욕값을 지불할 필요는 없었다.

집과 사람

육체를 얻은 생은 그 작은 몸이 쉴 집을 위해
또 큰 집을 찾게 된다.
거듭하여 태어나는 것은 고통스럽다.

푸른 잔디로 덮인 높낮이 없는 언덕

生死有無量 往來無端緒 求於屋舍者 數數受胞胎
생사유무량 왕래무단서 구어옥사자 수수수포태

지혜가 높으신 부처님은 끝없는 윤회의 답을 깨달으셨다.
부처에 이르신 후 "누대의 시간을 거쳐 오면서도 허공과 같
은 집(육신)짓기와 애욕에 휩싸여 헤어날 수 없으니, 살아 있
다는 것은 다 고통이다. 오! 집을 짓는 자여"라고 오도송을
읊으셨다. 사람은 깨달음에 대한 자질이 빈약해 수없이 몸의
집을 지었다 부수며 떠돌게 된다. 아(我)의 존재, 육체를 얻은
생은 그 작은 몸이 쉴 집을 위해 또 큰 집을 찾게 된다. 거듭

하여 태어나는 것은 고통스럽다. (법구경 153)

*

그가 집을 지었다. 푸른 잔디밭으로 덮인 높지도 낮지도 않은 언덕 위에 푸른 바다를 바라보는 자리에 4인 가족이 살 수 있는 단층짜리 나무집 한 채를 지었다. 빈틈없이 하얗게 페인트를 칠한 그 작은 집에는 빛이 환하게 들어오고 바람이 잘 통하도록 유리 달린 창문들을 큼지막하게 달아놓았다. 베란다에는 연보라색 작은 꽃이 핀 덩굴나무가 자라고 있었다. 마당에는 목마황과 유칼립투스가 드문드문 서 있었다.

그 작은 집에는 하얀 피부와 보조개가 파여 있는 사랑스러울 정도로 못생긴 여인이 있었다. (그들은 결혼을 하지 않았다.) 그리고 그가 가끔 그리는 유화에 몰래 낙서하는 왕눈이 딸과 가끔 유리창이 깨지도록 공을 차는 머리 긴 아들도 있었다. (낙서도 공차기도 다 즐거운 일이었다.) 사랑스러울 정도로 못생긴 여인은 시장에 갔다 파마를 하고 온 날 그와 싸웠다. 그런 날엔 하얀 페인트의 작은 집은 조금 어수선해질 수밖에 없었다. 서재에 들어가 책을 읽는 척하기 위해 아무거나 집어

든 책이 P.G. 우드하우스의 책이었다. 아들과 딸은 그들이 좋아하는 마돈나의 비디오를 틀어 놓고 가만히 앉아 하얀 다리로 박자를 맞추고 있었다. 새롭게 머리를 볶고 새롭게 속도 볶인 여인은 부엌에서 그(남편)가 좋아하는 햄을 일부러 냄새 나도록 달달 볶고 있을 것이다.

하얀 집안의 어두운 분위기는 오래 가는 법이 없었다. 누군가가 (그가 열었을 확률이 높은) 큰 창문 하나를 열어버리면 연푸른 바다에서 밀려들어오는 산뜻한 바람이 집안의 어슴프레한 것들을 밖으로 몰아내 버린다. 한 순간 환하게 쏟아져 들어오는 빛으로 오히려 집안은 더 환해지기까지 했다.

*

하지만 그가 지은 집은 오직 상상 속의 집일 뿐이었다.

"오늘 잘 데는 있어요?"

찻집에서 일어나는 순간 그의 사정을 잘 아는 지인이 던진 질문에 즉각 대답을 하지 못했다. "있어요"라고만 말하고 밖으로 빠져 나왔다. 비가 다시 부슬부슬 내리기 시작해서 공원 근처에 있는 건물의 현관 포치 아래로 몸을 피했다. 그곳에는 그처럼 몇몇의 행인들이 비를 피하고 있었다. 계단 아래에 놓인 벽돌 의자 위에 방금 잠든 듯한 인도계 할아버지가 누워 있었다. 오늘밤 허리 펼 자리가 해결된 인간을 그는 자신도 모르게 기쁜 마음으로 바라봤다. 해가 질 때마다 잠자리를 걱정해야 하는 인생에서 언제쯤 해방될 수 있을까?

자신이 확신하는 것에 후회 없이 인생을 쏟아붓기로 마음먹고 부모의 품을 떠난 이후 따뜻하고 안전한 또는 평화롭고 평안한 '집'이라는 것은 저 멀리 희미하게 흐트러진 채 떠다니는 그림으로만 남아 버렸다.

10년 전 까지만 해도 양곤 도심에 잠잘 자리가 그리 드물지는 않았다. 양곤 중앙역이나 항구에서 여행자들 틈에 섞여 잘 수 있었다. 아니면 밤새 여는 찻집에서 날이 새도록 앉아 있을 수도 있었다. (차 한 잔 값과 궐련 값으로 1짯은 주머니에 있어야 가능했지만.) 아침이 되어야 국민도서관이나 공보부도서관에 가서 책 한 권을 펴 놓고 몰래 잘 수도 있었다. 친절한 사서를 만나면 책상에 엎드려 잘 수 있는 기회까지 얻을 수 있었다. 하지만 이제는 양곤 중앙역에서 여행자들이 잠자는 것이 금지돼 버렸다. 밤새껏 여는 찻집도 사라졌다. 관리들이 11시가 되면 모든 가게의 영업을 종료시켜버렸기 때문이다.

도서관들은 '열람실에서 수면 금지'라는 문구를 걸어두고 낮에 잠자러 오는 사람들을 제재했다. 잘 곳이 마땅치 않아 힘들었던 어느 날 밤, 오랜만에 강변로에 있는 부두에 가서 잔 적이 있었다. 아침이 되자 누가 빼갔는지 안경을 찾을 수 없었다. 홍콩제 플라스틱 테라서 귀한 것은 아니었다. 원시 안경이라 다행히 읽고 쓰는데 지장이 생기지도 않았다. 그 후로 그는 강변로에 나가기가 겁나고 싫어졌다.

언젠간 저녁에 부두에 앉아 담배를 피고 있는데 상체를 탈의한 덩치 좋은 남자가 다가와 "이리 내놔"라며 피던 담배를 빼앗아 간 적도 있었다. 워낙 멍 때리고 사는 사람이다 보니 순식간에 무슨 일이 벌어졌는지 어안이 벙벙했다. 처음에는 남자가 담배에 불을 붙이기 위해서 달라고 하는 줄 알았다. 시간이 조금 지나고 나서야 자신이 강탈당했다는 사실을 깨닫고 헛웃음이 나왔다. 세상에는 전생의 공덕으로 돈을 가진 자도 있고, 지혜를 얻은 자도 있고, 근육을 가진 자도 있지만 그렇다고 자신이 가진 능력을 이용해 약한 자를 억압하고 약탈하는 것은 옳지 않다. 사실 강변로 같은 곳은 그처럼 연약한 사람에게는 적합한 장소가 아니었다. 탈의한 덩치 좋은 남자는 그를 자신과 같은 부류라고 생각한 것 같았다.

하지만 그는 그런 부류가 아니었다. 좋은 가문에서 태어나 제대로 교육 받은 사람이었다. 그리고 그의 머릿속에는 학교에서 가르치는 것보다 몇 배 더 가치 있는 지식으로 가득 차 있었다. 그는 그가 사는 지구를 예술로 아름답게 만들고 싶어 하는 선한 의지로 가득 찬 사람이었다. 그런 사람을 집 한 채 없다는 이유로 날라리 취급하면 안 되는 것이었다.

아무튼 누구나 인간의 존엄성을 지킬 수 있을 만큼의 (상상 속의 집처럼) 작은 집 한 채와 돈 삼십만 짱 정도는 소유해야 한다는 점을 그도 인정하고 있었다. 그처럼 매일 허리 뉘일 만한 자리를 걱정하며 해 지는 것을 두려워하는 인생은 썩 바람직하다고 할 수 없었다.

아무리 못해도 한 달에 50짱 정도 하는 방 하나쯤 있어야 편하다. 약간의 여유가 있던 지난 몇 년간은 (대신 마음고생이 심했던 시절) 몸이라도 편하고 싶어 까마웃, 떠마잉 또는 인세 인에서 방을 하나 얻어 살았다.

선금으로 두 달 치를 미리 주고 방 하나를 얻을 수 있었다. 하지만 그렇게 하고 나자 끼니를 챙기기도 어려웠고 다음 달 월세도 낼 수 없었다. 그런데도 하숙집에서 버텨보려 아등바등해 보았다. 하지만 결국 반년도 버티지 못하고 4~5개월 만에 나와야 했다. 어떤 주인들은 방을 빼지 않으면 경찰이나 동사무소에 신고한다고 협박했다. 어떤 주인들은 그의 물건들을 밖으로 꺼내 놓고 새로운 자물쇠로 문을 잠가 버렸다.

비가 그쳤다. 밤이 깊어 가기 시작했다. 포치 밑에서 함께 비를 피하던 사람들도 가던 길을 다시 재촉하며 하나 둘씩 사라졌다. 오늘밤, 어디에서 자야 할까? 주머니에 2짯 정도 들어 있으면 찌민다잉역 쪽에 가서 잘까 했다. 하지만 주머니에 남은 돈은 2짯도 채 되지 않았다.

찌민다잉역 근처에 있는 집들은 역에서 자는 사람들을 위해 요를 빌려준다. 요 한 장에 2짯이다. 일찍 가면 빌려주는 집의 베란다나 문간에 한 자리를 얻을 수 있다. 늦게 가면 인도에 빈자리를 찾아 요를 깔고 잘 수밖에 없다. 여행자들을 위해서 빌려주는 것이지만 그곳에서 잠자는 사람들은 여행자들보다 멀리서 온 행상인들이 더 많기도 했다.

양곤의 빌딩들 사이, 계단 아래서 자는 것이 예전처럼 자유롭지 않았다. 빌딩 주인이 쫓아내기도 했고 사무실 경비가 쫓아내기도 했다. 하지만 경비에게 돈을 조금 찔러주면 눈을 감아줬다. 형편이 아주 안 좋았을 때에는 그렇게라도 잘 자리를 구했다. 지금은 그렇게 해볼 엄두도 내지 못한다. 관리들 눈에 띄면 경범죄로 잡혀가 난처해진다. 사실 계단 아래 자리를 하나 차지하는 일도 결코 만만하지 않다. 대여섯 시쯤부터 빈자리를 확보하기 위해 어슬렁거리면서 찜해놓은 자리에 미리 앉아 있는 사람들이 많았다. 벽돌을 놓고 자리를 선점하는 이들도 있었다. 그러고 나서 확보해놓은 자리를 다시 팔기도 했다. 비바람을 피할 수 있고 관리들이 도로에서 봤을 때 눈에 잘 뜨이지 않는 자리 같으면 좋은 자리라 3짯이나 줘야할 때도 있었다.

그는 걸어가면서 오늘밤 그가 하룻밤 신세를 질만한 지인들의 이름을 머릿속에 정리해 보았다. 찾아가면 안 되는 사람들을 리스트에서 지워나갔다. 그들도 각자 피치 못할 사정이 많았다.

"우리 딸들도 이제 다 컸어… 낯선 성인 남자를 집에서 재우는 건 옳지 않은 일 같아"라고 한 친구가 차갑게 거절한 적이 있다. 그때서야 그는 자신도 이제 나이가 40줄에 들어섰다는 사실을 인지하게 되었다. 친구의 딸들이 자신도 모르는 사이에 성인으로 성장해 버렸다는 사실에 놀라지 않을 수 없었다. 자신이 그들의 집에서 밤낮없이 먹고 자고 했을 때만 해도 그가 코를 풀어주었던 어린애들이었는데 말이다.

마침내 가난한 사람들이 모여 사는 신도시의 지인이 떠올랐다. 그 지인은 가난하지만 덕을 많이 베풀고 그를 존중해 주는 사람이었다. 단지 거리가 멀어서 그를 자주 찾아가지 못할 뿐이었다.

신도시로 향하는 낡은 버스에 앉아 있다 보니 몇 달간 차안에서 보낸 한 여름의 기억이 떠올랐다. 변두리에 사는 친구가 휘발유를 배급받아 돈을 벌어볼 목적으로 8,000짯 정도를 주고 중고차 한 대를 샀다. 하지만 그에게 차를 세워둘 차고가 없었다. 일곱 명이나 되는 그의 가족이 겨우 차고만한 집에서 사는 형편이었다. 그래서 차는 기름을 받아오는 시간 외에는 항상 길가에 서 있었다.

"갈 곳 없으면 내 차에서 자"라며 친구가 그를 초대했다. 그렇게 한동안 밤에 허리 펴고 잘 자리가 해결되었다. 차주인 친구도 밤에 차를 지켜줄 사람을 돈 한 푼 들이지 않고 공짜로 얻었다. 하지만 여름이라 차 안에서 자는 것은 견디기 어려울 만큼 힘들었다. 문을 열고 자면 모기에게 수없이 뜯겼다. 겨울이 되면 좀 수월해 질 거라 생각하며 참고 있었는데 연식이 오래된 차들을 폐차시킨다는 소문이 떠돌았다. 친구도 제값을 받지도 못하고 지방에서 올라온 구매자가 부르는 대로 차를 헐값에 그냥 넘길 수밖에 없었다.

그래도 비가 많이 오는 우기 전까지는 잠잘 곳을 찾기가 그리 어렵지 않았다. 건기가 되면 양곤 시내에선 공연들이 끊이지 않는다. 사원 축제, 국악공연, 24시 영화상영관 등 북소리, 장구 소리, 확성기 소리에 귀를 기울이고 있기만 하면 되었다. 그리고선 공연하는 장소에 가서 공연장 인근에 있는 찻집에 앉아 차 한 잔, 궐련 한 가치를 피면서 밤이 한참 깊어갈 때 까지 머물 수 있었다. 주로 밤 12시가 넘으면 공연장을 개방했다. 개방하면 공연장에 들어가서 맨 뒤쪽에 깔린 빈 매트에 몸을 구부리고 누워 자면 된다. 몸을 구부리지 않으면 안 될 만큼 공간은 비좁지만 잠을 자는데 큰 지장은 없었다. 넓지 않은 공연장 안에서 마음껏 발을 뻗고 잘 수는 없는 일이었다. 그렇게 몸을 구부리고 자면서 샌들은 가슴에 꼭 품고 자야 한다. 그렇지 않으면 아침에 신발이 사라져 보이지 않곤 했다. 그를 본 사람들은 그가 공연장에 잠만 자러 왔다고 생각하지 않는다. 공연을 보다가 졸음을 참지 못한 사람이라고 생각한다. 싸인[미얀마 전통 국악기]소리를 들으면서 자는 느낌은 새롭기도 했다. 밤새 내리 영화 세 편을 상영하는 영화관에서도 잘 수 있었다. 그의 처지를 모르는 지인과 어떤 공연장에서 만났는데 "어디서 공연을 하던 항상 오시네요. 공연에 관심이 많으신가 봐요"라고 말하는 소릴 들은 적이 있다. 그렇게 지내다가 우기에 접어들었다.

양곤에서 공연이 사라졌다. 공연단들도 지방으로 내려갔다. 잠자는 것이 또 다시 어려워졌다. 그가 지나다니곤 하는 길가의 큰 반야나무 아래에 항상 앉아 있는 바보가 있었다. 하늘과 땅을 집 삼아 사는 그 바보의 인생이 부러워지려고 했다. 그런데 밤새 비가 심하게 오고 난 어느 날 아침에 온몸이 비에 젖은 채로 잔디 위에 누워 있는, 목숨이 끊어진 바보를 보자 두려워졌다.

"진짜 안 된다니까요."

그가 큰 기대를 하고 찾아간 지인이 뱉어낸 한 마디에 그의 심장이 굳어버렸다.

"우리 동네는 호구조사를 자주 나와요. 신고할 시간도 지났고. 신고한다 해도 신분증도 없잖아요."

그가 신분증을 잃어버린 지는 이미 오래였다.

"이렇게 하면 어떨까요. 늦어서 제가 어디 딴 데로 가지도 못하잖아요. 당신 집에서 잠은 자지 않고 밤새 의자에 앉아서 책을 읽을게요. 등불 하나만 밝혀 주세요."

"그게 뭐가 달라요. 정말 안돼요. 시장 사거리에 가면 야채 도매 떼러 나가는 차들이 출발할 준비를 하고 있을 거예요. 그거 타고 가시면 되잖아요."

지인은 그의 주머니에 1깟짜리 헌 지폐 서너 장을 집어넣으면서 그를 예의바르게 쫓아냈다.

"제가 모셔다 드릴까요?"

"괜찮습니다."

그는 또다시 도로 위로 돌아왔다. 가로등의 누리끼리한 연한 빛이 밤의 어두움을 뚫지 못하고 있었다. 캄캄하고 조용한 집안에는 자신과 다를 바 없는 사람들이 자고 있을 것이다.

사람들은 윤회를 하는 동안 육체라는 작은 집을 얻어 사는 것인데 그 작은 집(몸)을 뉘우기 위해 집 한 채가 또 필요하다는 것이 그를 난감하게 했다. 인도(人道)옆에는 (몇몇은 크고 몇몇은 작은, 몇몇은 화려하고 몇몇은 보잘것없는) 그런 집들이 모여 있었다. 하지만 정말 큰 집은 하나뿐이다. 우리는 한 집에 사는 사람들이다.

어디에선가 아름다운 방울 소리가 살짝 들려왔다. 소리가 들리는 쪽을 향해 도로 위에서 두 손을 모아 절을 했다.

부처님과 나한 성자들처럼 깨달음에 대한 자질이 강하지

못해 몸의 집을 수차례 지었다 부수며 여러 생을 떠돌지만 마음을 깨끗하게 하기 위해 애를 써야한다. 윤회의 어딘가에서 마음에 합당한 깨끗한 집 한 채를 얻을 수도 있다는 믿음을 버리지 않아야 한다.

창문 달린 집

나는 창문 하나를 사서 집에 달았다.
그런데 달라진 것이 아무것도 없었다.

내가 사는 집엔 창문이 없다.

창문 없는 집에서 살아봤는가? 빛이 비치지 않고 맑은 공기도 마시지 못한다. 아무것도 보이지 않는다. 밤낮 없이 갑갑하다. 어떤 소리도 잘 들리지 않는다. 귀먹은 방이요, 눈이 먼 방이다.

집에 창문 하나 정도 있으면 좋을 것 같았다. 나는 창문 하나를 사서 집에 달았다. 그런데도 달라진 것이 아무것도 없었다. 그래서 창문을 판매한 사람한테 가서 항의했다. 판매자는…

"당신이 창문을 원해서 창문만 팔았으니까 그렇죠. 또 무엇이 필요하세요?"

"창문으로 바람과 빛이 들어와야 하고 풍경이 보여야 돼요. 바깥 소리도 들려야 하고요. 그리고 바깥의 향기를 맡을 수 있어야 합니다."

"그렇군요. 필요하신 것들은 추가로 구매 가능합니다."

"어떤 것들을 사야 하는 거죠?"

"당신이 원하는 모든 것을 다 사실 수 있습니다."

나는 할 말을 잃고 머뭇거렸다. 창문을 구매하면 이 모든 것이 포함될 것이라고 생각했다. 그러나 이제는 알게 됐다. 마치 컴퓨터를 구매하면 소프트웨어를 별도로 구매해야 하는 것과 같은 이치였던 것이다. 판매자는 알아서 말을 이어갔다.

"먼저 하늘을 사셔야 하고요."

"네?…"

"하늘이 있어야 해와 달이 있지 않겠어요? 해와 달을 사면 햇빛과 달빛은 서비스로 드립니다."

"별들은요…?"

"그러네요. 깜박 잊을 뻔했어요. 별뿐만 아니라 구름도 사셔야 해요. 구름 없는 하늘은 물고기 없는 호수처럼 보기 안 좋잖아요. 가격도 그리 비싸지 않아요. 그다음에 당신이 구매해야 하는 것이 바람이에요. 창문으로 불어오는 바람이니까 산들바람정도면 되겠죠?"

바람은 구매를 안 할 수 없다. 그런데…

"중요한 점은 공기가 맑고 깨끗해야 한다는 거예요."

라고 내가 요구하자…

"그것은 당신이 얼마를 지불할 수 있느냐에 달려 있어요. 맑은 공기를 원하시면 그만큼 돈을 더 주셔야 해요."

이곳에서는 뭐니 뭐니 해도 돈이 제일 중요하다. 본인이 원하는 것과 쓸 수 있는 금액을 잘 저울질 할 필요가 있다. 제일 중요한 것은 창문에서 보이는 풍경이다.

"저는 아름다운 풍경을 가지고 싶어요."

"어떤 풍경을 말씀하십니까? 바닷가 같은 풍경인가요?"

넓고 푸른 바다, 부드럽게 휘어진 백사장, 심녹색 코코넛 줄나무가 보이고 갈매기들이 떼를 지어 하늘을 날고, 다양한 색상의 비키니를 입은 여인들이 아름답게 거니는…

하지만 가격이 너무 세다. 그의 말에 따르면 이런 풍경은 5성급 호텔에서나 볼 수 있는 풍경이라고 한다. 산이 보이는 풍경도 나쁘지 않다. 저 멀리 파란 하늘을 배경으로 눈에 덮여 있는 산봉우리와 푸른 산맥이 비칠 듯 말 듯 피어오르는 안개를 볼 수 있는 그런 풍경.

평화와 고요가 영원히 지배하고 있고

해질녘이면 다양한 빛깔로 빛나는 구름이 그리움을 솟구치게 하는…

그러나 이것도 가격이 비싸다.

"제가 감당할 수 있는 금액이 아니네요."

"얼마까지 쓸 수 있으세요?"

판매자는 인내심이 떨어진 모양이다. 결국 내가 지출할 수 있는 금액에 맞게 살 수 있는 것들만 사서 돌아왔다. 그렇기 때문에…

지금은…

열려 있는 나의 창문을 통해…

치열한 햇빛이 비친다. 방으로 들어오는 바람이 먼지와 뒷골목의 쉰내를 품고 온다. 그 창문을 통해서 벌건 대낮에도 불구하고 혐오스럽게 생긴 파리들과 모기들이 침입한다. 내가 무심코 바라보는 창밖의 풍경은 언제나 무질서하고 더럽고 가난한 동네의 무허가 시장 내부다.

말과 행동이 거친 생선 장수들끼리, 아니면 야채 장수들끼리 매일같이 다양한 이유로 소리를 지르고 쌍욕을 하며 싸운다. 가끔 술 취한 남편이 와서 아내에게 술값을 달라고 하다가 싸움판이 벌어지기도 한다. 쓰레기장에 버린 음식물을 먼저 먹으려고 싸우는 길강아지들이 서로 물어뜯는 소리, 싸이카 정류소에서 돈 따먹기로 체커나 까롬을 하다가 말다툼하는 소리들이 끊임없이 쏟아져 들어와 시끄럽다. 정류소 근처에는 아냐따[미얀마 중부 지역 출신 남성을 일컫는 명칭]가 운영하는 보잘것없는 작은 찻집이 하나 있다. 찻집에서 크게 틀어놓은 촌스러운 노래들이 밤낮없이 귀를 아프게 한다. 찻집과 멀지 않은 거리에 밀주를 파는 술집으로 낡은 옷차림의 노동자들이 비틀거리며 들락날락하는 모습도 볼 수 있다.

시장으로 가는 길은 여름에는 먼지가 풀풀 날리고 우기에는 진흙투성이다. 화장터로 가는 길이기도 하기에 거의 매일 장례를 치르러 가는 광경이 보여 저절로 묵상하게 만든다. 일주일쯤 지나서 창문을 판매한 가게에 다시 갔다. 주인은…

"무엇을 찾으십니까?"

"창문에 부착할 널빤지요."

나는 집에 있는 창을 널빤지로 막았다. 그리고 다시는 그 창문을 열지 않기로 결심하고 안에서 닫아버렸다.

책과 사람

책 더미 속에서 기어 나온
바퀴벌레 몇 마리가 바오를 쳐다봤다.
바오는 "너희도 책을 먹고 사는 놈들,
나와 같은 인생이지"라고 중얼거렸다.

그는 퇴임한 교수 같아 보였다. 새하얗고 정돈되지 않은 머리카락을 목덜미에 닿을만큼 길게 늘어뜨리고 있었다. 쭈글쭈글한 붉은 얼굴에는 점과 주름들이 가득 들어차 있었다. 그의 높은 콧대 위에 항상 걸려 있는 검은색 플라스틱 안경(이 안경은 근시와 원시를 동시에 해결할 수 있는 안경이었다.)도 그와 함께 늙어 가는 물건 중 하나였다. 안경을 얼굴에 고정하기 위해 그는 안경의 넓게 벌어진 양쪽 다리를 고무줄로 묶어서 연결했다.

　초록색의 고급 방콕 론지 한 벌과 빛이 바래기 시작한 검은 따잇뽕[양복처럼 셔츠위에 걸치는 미얀마 전통 의상] 한 벌은 그가 곧잘 차려입곤 하는 옷들이었다. 굽은 허리 때문에 앞으로 늘어진 따잇뽕은 그의 몸집에 비하면 꽤나 풍성해 보였다.

어깨에 멘 축 처진 검은 가방은 무게 때문인지 그의 허리를 더욱 구부정해 보이게 했다. 굽은 허리로 큰 가방을 멘 채 빤소단 거리를 천천히 걸어오는 그의 모습이 보이면 빤소단 거리의 책 장사꾼들은 들썩이기 시작했다.

그의 이름은 바오였다. 하지만 빤소단 거리에서 그의 이름을 아는 사람은 아무도 없었다. 모두가 하나같이 그를 '큰 선생님'이라 부르며 조심스럽게 대할 뿐 더 자세히 알려고 하지 않았다. 다들 이 영감이 어느 대학교에서 퇴임한 노교수이거나 문학을 사랑하는 망한 사업가일 거라 지레짐작하고 있을 뿐이었다. 그가 어디에 살며 가족이 있는지 없는지, 그의 인생에 대해 알고자 하는 사람도 아는 사람도 없었다. 그들이 아는 것은 바오 선생의 가방 안엔 언제나 귀하고 보기 드문 책들이 들어있다는 사실 뿐이었다.

빤소단 37번지 인근은 중고책을 거래하는 사람들과 책벌레들이 서식하는 구역이다. 책 장사꾼들은 헌책을 팔기도 하고 사기도 한다. 바오 선생은 그들의 단골이었다. 책을 사는 단골이 아니라 파는 단골이었다.

수십 년 동안 모아놓은 책들을 여러 가지 이유로 판매하러 오는 사람들의 손에는 주로 영어와 미얀마어, 두 개 국어로 된 좋은 책들이 들려 있곤 했다. 헐값에 사들인 이 책들을 다시 판매할 때 장사꾼들은 이윤을 듬뿍 남길 수 있었다. 최근엔 특히 영어로 된 세계 고전의 수요가 증가하고 있었다. 십 년 전쯤에 정부가 운영하는 서점에서 2짯 50이나 3짯을 주고 산 책들이 지금은 중고 시장에서 20짯, 25짯에 거래되고 있었다. 카뮈, 수스, 조이스, 카프카 같은 작가들의 책은 그보다 가격을 더 받을 수도 있었다. 40짯, 50짯이라 해도 살 사람이 적지 않았다.

영어로 된 세계 고전을 판매하는 헌책방에는 젊은 독서광들이 줄을 설만큼 많이 찾아왔다. 이곳을 자주 찾는 그들은 세계 고전 중에서도 읽기 어렵고 꽤나 유명한, 문학성이 뛰어나다는 책들을 어디선가 주워 들은 대로 묻고 구매했다. 책에 미친 사람들 중에는 새내기 대학 선생들, 세계 문학에 대한 교양을 갖춘 것처럼 보이고 싶은 금수저들, 신인 작가나 시인 등 다양한 부류의 사람들이 있었다. 책 제목을 읽는 것조차 한참 걸리는 사람들이 대부분이었지만 그들은 아는 척하며 경쟁하듯 책을 구매하곤 했다. 어떤 잡지에 제임스 조이스 이야기가 나오면 제임스 조이스 책을, 토마스 만 이야기가 나오면 토마스 만 책을 물어봤다. 버지니아 울프, 카프카

이야기가 나온 미얀마 기사를 보고 그런 책이 있냐고 물으며 영문으로 된 책을 구하러 오기도 했다.

그들은 큰 수익을 볼 수 있게 해주는 손님들이었다. 그런 사람들이 오랫동안 단골손님이 되도록 만들기 위해서는 책을 열심히 찾아야 한다. 하지만 좋다는 책은 늘 귀했다. 그런 상황이다 보니 바오 선생은 책 장사꾼들에게 귀한 책을 제공하는 귀한 판매자가 아닐 수 없었다.

그래서 바오 선생이 빤소단 37번지 책거리에 등장하면 거의 모두가 친절하게 그를 맞이했다. 그리고 바오 선생은 상인들이 실망하지 않을 만큼 메고 온 가방 가득 좋은 책들을 담아오곤 했다. 미얀마 책들이 아니라 귀한 영문 책들을…

오늘도 바오 선생은 그에게서 책을 자주 사들이는 꼬띵익 사장의 가게에 도착해 있었다. 꼬띵익 사장은 가격을 낮게 후려치지 않고 오히려 후하게 쳐주는 장사꾼이었다. 거래가 끝나면 차 같은 것을 내놓기도 해 어느 정도 친하게 지내는 편이었다. 바오 선생의 검은 가방 안에 들어있는 책들을 한 권씩 꺼내면서 꼬띵익이 말했다.

"키츠, 셸리, 윌리엄 블레이크, 이번에 가져오신 책들은 전부 로맨틱 시집들뿐이네요. 시집을 가져오신다면 지난번처럼 리처드 웨버나 로버트 로웰, 프레베르처럼 현대작가들 것을 가져오세요. 이것은 디킨스, 이것은 로버트 프로스트, 아…. 토마스 하디의 소설이 꽤 많네요. 펄 벅 책들도 있고. 이런 책들을 이제는 잘 읽지 않아요. 시대가 지났어요."

바오 선생은 꼬띵익의 모든 말에 머리를 끄덕이기만 했다. 그러나 동의한다는 뜻으로 끄덕이는 것 같지는 않았다. 그가 끄덕이고 있는 모습은 '세상에 대한 모든 것을 내가 이미 다 알고 있다'라고 생각하는 현자가 혼자서 묵상하는 모습과 흡사했다.

"다행이네요, 선생님. 카뮈의 『이방인』하고 나보코프, 솔 벨로의 단편집들을 가져오셔서. 잭 케루악, 토머스 핀천, 수전 손택, 이것은 조이스 캐롤 오츠. 이 작가들의 책에 대해서는 저도 잘 몰라요."

바오 선생이 또 머리를 끄덕였다. 이 영감은 말수가 적다. '현인은 두들기지 않으면 소리가 나지 않는 북과 같다'는 속담이 괜히 있는 것이 아니었다. 영감이 한 달에 두세 번씩 와서 그들에게 책을 팔기 시작한지는 대략 일 년이 넘었다. 그가 지금까지 가져온 책은 상당히 많다. 그런데도 팔 것이 아직 많이 남았다고 한 적이 있었다. 이렇게 많은 책을 정독했으니 선생이 매사에 이처럼 태연한 것은 당연해 보였다. 가끔 상인들이 책에 대해 이야기할 때에도 옆에서 미소를 짓고 듣기만 했다. 받아 주고 논의할 만큼의 실력이 책 장사꾼인 그들에게는 없다고 판단했는지도 모른다.

"토마스 만 선생의 『마의 산』은 없어요? 드 보부아르의 자서전하고, 싱클레어 루이스 책들도 가져오세요. 특히 카프카의 『성』이 있으면 사고 싶어요. 가격은 좋게 쳐 드릴게요. 저한테 그 책을 주문한 사람만 벌써 서너 명이나 돼요."

바오 선생은 또 머리를 끄덕였다.

집에 도착한 바오 선생은 피곤했다. 그는 가방을 바닥에 내려놓았다. 집을 나설 때는 가방을 가득 채웠던 책들이 집에 돌아올 땐 쌀, 기름, 소금, 고추, 양파들로 둔갑해 있었다. 그는 양곤 도심에서 10마일 떨어진 구역에 살았다. 초가지붕을 얹히고 대나무로 엮은 벽으로 지은 작은 집이었다. 집 안에는 값비싼 가구라고는 하나도 없었다. 뒤죽박죽 흩어진 책 더미가 있을 뿐이었다.

바오 선생은 책 더미를 보자 돌아가신 그의 스승 아웅삭 선생이 생각났다. 아웅삭 선생은 양곤대학교 교수였다. 그는 결혼도 하지 않고 평생을 오직 학문을 하는 데 바쳤다. 아웅삭 선생은 학교에 재직할 당시 학교에서 제공한 사택에서 살았다. 일가친척이 없는 아웅삭 선생에게 가사를 돌봐줄 사람이 필요했다. 밥하고 빨래하는 것까지 책임질 수 있는 그런 사람이어야 했다. 하지만 그가 미혼이었기 때문에 여성 가정부를 두는 것은 합당치 않았다. 그러던 차에 지인의 소개로 바오가 그에게 왔다.

바오도 시골에서 올라왔기에 일가친척 하나 없는 외톨이였다. 더 좋은 직장을 구하기 전까지만 잠시 머문다는 생각으로 아웅삭 선생에게 온 바오는 예기치 않게 40년을 아웅삭 선생과 함께 살았다. 선생이 죽을 때까지.

아웅삭 선생이 대학교에서 퇴직하고 나자 두 사제(師弟)는 10마일에 작은 집을 짓고 이사했다. 아웅삭 선생의 연금은 낭비를 모르는 두 사제의 의식주를 해결하기에 충분했다. 아웅삭 선생이 모아놓은 돈은 얼마 되지 않았다. 평생토록 번 돈은 거의 책을 구매하는 데 지출됐다. 그의 전 재산은 책뿐이었다.

일 년 전쯤에 바오보다 10살 많은 아웅삭 선생이 돌아가셨다. 바오에게 아웅삭 선생이 물려준 재산이라곤 수많은 책뿐이었다. 손에 쥔 돈이 떨어지자 늙고 쇠약해진 바오는 먹고 사는 일에 지장이 생겼다. 다 늙은 처지에 그에게 일할 힘조차 남아 있지 않았다. 장사를 할 밑천도 없었다. 그러던 어느 날 빤소단 쪽으로 갔다가 우연히 영문 책들을 파는 가게에 들어갔다. 책장에 꽂힌 책들을 바라보며 "이런 책들을 가져오면 사주실 수 있습니까?"라고 물어보았다. 주인이 "그럼요, 선생님, 가져오세요. 제가 한 번 볼게요"라고 했다.

그 다음날, 가방 한가득 책을 넣어가지고 그 헌책방을 다시 찾아갔다. 가게 주인은 신이 나서 가져온 책을 몽땅 사들였다. 주인에게서 예상치 못한 금액을 받은 바오는 신기하기만 했다. 가게주인은 그가 가져온 책 20권을 한 권당 5짯씩 계산해줬다. 예전에 돈이 떨어져서 동네에서 폐지를 사는 사람을 불러 판 적이 있는데 그때 1 비스(1.6㎏)당 3짯 반밖에 받지 못했다. 책가게 주인은 책이 더 있으면 또 가져오라고 했다. 그렇게 바오는 돈이 필요할 때마다 빤소단으로 가방 하나 가득 책을 메고 가서 책 파는 사람이 되었다. 그러나 한 달에 두 번, 세 번 이상은 팔지 않았다. 그 이상의 돈이 필요하지 않았기 때문이다.

선생님이 물려준 유산으로 그가 부를 누리고 있다고 할 수 있다. 책뿐만 아니라 선생의 옷들도 자신의 옷이 되었다. 선생의 따잇뽕은 그에게 조금 컸다. 하지만 수선할 여유가 없었다. 그리고 선생님이 남긴 안경. 그 안경은 낡았지만 그가 잘 사용하고 있었다. 책장들은 잘게 잘라 땔감으로 사용했다. 그는 대학교수가 아니기 때문에 멋진 책장 같은 것이 필요하지 않다고 생각했다. 책들은 지금처럼 바닥에 쌓아 놓아도 되기 때문이었다.

책은 반듯하게 쌓아둔 것이든 아무렇게나 쌓아둔 것이든 모두 헐고 뒤엉켜 있었다. 카뮈의 『페스트』는 쥐가 갉아 찢어졌다. 톨스토이의 『안나 카레리나』 밑에 조지프 콘래드의 『로드 짐』이 엎어져 있었다. 『자본론』은 흰개미들이 먹고 있었다. 헨리 제임스의 『비둘기의 날개』는 잭 런던의 『강철군화』아래 깔려 있었다. 마르케스의 『백 년 동안의 고독』에는 거미줄이 처져 있었다. 랠프 엘리슨의 『보이지 않는 인간』은 바퀴벌레 똥으로 얼룩져 있었다. 버지니아 울프의 『파도』 위에 제임스 조이스의 『율리시스』가 올라가 있었다. D.H. 로렌스의 『채털리 부인의 사랑』은 표지가 없어졌다. 가와바타의 『설국』은 먼지투성이였다. 더듬이를 이리저리 내저으며 책 더미 속에서 기어 나온 바퀴벌레 몇 마리가 바오를 쳐다봤다. 그 중한 마리를 집어 올린 바오는 "너희도 책을 먹고 사는 놈들,

나와 같은 인생이지"라고 중얼거렸다. 바오는 바퀴벌레들을 쫓아내지 않았다.

땅거미가 질 무렵, 바오가 등에 불을 붙이고 있을 때 찬바람이 대나무 벽 사이로 스며들었다. 바오는 이 벽을 새로 갈기 전에 벽에 있는 구멍에 종이를 발라 바람을 막으려 했던 것이 생각났다. 손에 닿는 책을 아무거나 하나 집어 책장을 한 장씩 뜯어 밥풀을 발라 벽에 붙였다.

그가 그렇게 찢어서 벽에 붙여버린 책은 책 장사꾼들이 그렇게 원하고 내내 부탁했던 카프카의 『성』이라는 사실을 글을 한 번도 배운 적이 없어 영어는커녕 미얀마 글자도 한 자 모르는 바오가 알 리 없었다.

케이지

"인간들이 저질러대는 나쁜 짓들 중 가장 나쁜 짓이
바로 한 가지도 바르게 알지 못하면서
글을 쓰는 것입니다."

농가를 끼고 있는 그 도시에 도착했을 때 이 사건(지금 소설에 기재할 내용)은 발생한 지 벌써 30년이 흐른 뒤였다. 짧은 시간이 아니다. 갓 난 여자아이가 성인이 되어 결혼을 하고 아이 다섯을 낳을 만큼 충분한 세월이다. 케이지 안에 있는 사람이 케이지 안에서만 살아온 세월이 그 만큼 지나갔다.

내가 이 도시에 와서 처음 그 사건에 대해 들었을 때 깜짝 놀랐다. 자꾸 보고 들으면 신물 나고 귀찮아지듯 이 도시의 사람들에게 그 사건은 더 이상 특이한 일이 아니었다. 어느 누구도 더 이상 특별한 관심을 보이지 않았다. 그래서 이 사건에 대해 자세히 알고 싶은 나는 어렵게 수소문을 해야 했다. 제대로 된 작품 하나 쓰지 못하면서 마음이 이끄는 대로 돌아다니던 나는 우연찮게 이 도시에 왔다. 도시는 넓고도

넓었다. 게다가 인구 밀도가 낮아서 가난한 사람들의 집에도 넓은 마당이 있었다. 이곳은 기후가 좋은 지방이라 곡식이 잘 자랄 뿐 아니라 조용하고 평화로웠다. 하지만 재미있는 것이라고는 하나도 없었다. 내가 이 재미없는 도시에서 떠나려고 결심한 날, 뚱뚱한 여관주인이 "선생님, 가시기 전에 케이지 안에 있는 사람을 만나보시죠"라고 말했다. 순간 이해를 하지 못했다. 감옥에 있는 사람을 만나보라고 하는 줄 알았다. 자세히 물어보고 확실히 알게 되자 나는 놀라지 않을 수 없었다.

그 사람의 이름은 '윤회(輪廻)'라고 했다. 이런 이름은 처음 들어보는 것이었다. 그는 케이지를 만들어서 판매하며 살았다고 했다. 그의 아버지와 할아버지도 같은 일을 했다고 한다. 아버지와 할아버지 전부터 여러 대에 걸쳐 해온 일이라고 했다. (하지만 관련 기록도 연구도 없었다.) 아무튼 핵심은 그가 케이지를 만들어 생계를 유지하고 있었다는 점이다. 그는 평생 다양한 종류의 케이지를 만들었다. 쥐나 새를 넣을 수 있는 케이지는 물론 토끼, 들고양이, 원숭이를 넣어서 기를 수 있는 케이지까지 다양했다. 한번은 특별한 호랑이 케이지를 만든 적도 있었다. (그 시골도시에 사냥 왔던 일행이 마취총으로 잡은 호랑이를 이송하기 위해 만든 것이었다.) 호랑이 케이지는 튼튼한 부분을 제작할 때 제일 신경을 써야 한다. 새장을 만들 때의 강도 하고는 다른 단단함과 아름다움에 신경을 썼다.

그는 결혼을 했고 자식들을 낳았다. 그러다 마흔 살이 되자 아이디어 하나가 떠올랐다. 세계적인 고전 소설 한 편을 읽고 나서 그 아이디어를 얻었다고 했다. 어떤 소설인지는 정확하게 알 수 없었다.

"이대로 죽을 수는 없다. 소설을 쓸 줄 아는 사람은 소설을 쓰고 그림 그릴 줄 아는 사람은 그림을 그린다. 전투를 할 줄 아는 사람은 전투를 벌이고 시조를 쓸 줄 아는 사람은 시조를 짓는다. 나는 케이지를 만들 줄 아는 사람이다. 그러므로 오늘 이 시점을 시작으로 내 인생에서 기억될만한 최고의 케이지를 만들 것이다. 거대하고 특별하고 화려해야 한다."

(케이지를 만들기 전 케이지 안에 있던 사람이 한 말에 따르면)

그는 케이지를 만들기 위해 깊게 고민하며 7일 간 도면을 그렸다. 케이지는 특별하고 화려할 뿐만 아니라 거대해야 했다. 지금까지 만들어본 제일 큰 케이지는 서커스에서 주문한 곰 케이지였지만, 새로 만들려는 케이지는 그것보다 커야 한다는 목표를 세우자 작은 집 한 채 정도의 크기가 되었다. 그 케이지를 자신의 집 바로 옆 빈터에서 나무와 못을 주로 사용하여 9개월에 걸쳐 제작했다. (9개월 안에 완성하려는 이유는 다가오는 자신의 생일을 목표로 정했기 때문이었다.)

케이지를 만드는 동안 그는 아무데도 가지 않았다. 그 자리에서 먹고 그 자리에서 잤다. 그는 유일한 인생작으로 내놓을 케이지 만들기에 모든 시간을 쏟아 부었다. 그가 목표한 대로 케이지가 그의 마흔 살 생일에 맞춰 완성되었다. 케이지를 본 모든 사람들이 그의 작품을 보고 대단하다고 감탄했다. 케이지는 꽤 컸고 사방의 각진 모서리에 태국 예술인 덩굴 패턴의 조각들로 장식해 놓았다. 케이지 한 가운데에 아름다운 분수대도 설치해 놓았다. 케이지 안에 반 층짜리 케이지도 하나 더 들여놓았다. 케이지 속에 새장도 하나 (나중에 독성이 강한 코브라를 넣었지만) 만들어 놓았다. 책장도 하나 추가로 만들었다.

칭찬을 받아 마땅한 그 케이지는 완벽해 보였지만 단 한가지의 실수가 있었다. 케이지를 만든 사람이 케이지 안에 갇혀 버렸기 때문이다. 일에 몰두한 나머지 마지막 못을 박은 후에야 자신이 갇힌 상황을 깨달았다. 문제는 케이지에서 나오려면 이 케이지를 파손시켜야 한다는 것이었다. 그는 자신이 열심히 만든 케이지를 어떤 방법으로든 파손하고 싶지 않았다. 그렇다면 그는 이 케이지에서 평생 살아야 한단 말인가. 그는 두 번째 방법을 선택했다.

"제가 생각을 해보았습니다. 케이지 속에 어떤 동물을 넣을까? 참 어려운 문제입니다. 코끼리, 호랑이, 타조, 하마 어떤 동물도 어울리지 않습니다. 안에 동물이 없다면 케이지라 할 수 없지요. 그러면 저는 쓸모없는 케이지를 만든 우스운 사람으로 기록되겠죠. 그래서 저는 제가 케이지 안에서 사는 것이 제일 좋은 방법이라는 결론에 도달했습니다."

(시민들의 증언에 따르자면)

그가 케이지 안에서 살아온 지 30년이 지났다고 했다. 전에는 사람들이 특이하게 살아가는 그를 구경하러 왔다고 한다. 어떤 사람들은 원숭이를 보러 오듯이 콩이나 바나나 같은 음식을 가져다주었다. 아이들은 자신들이 먹으려고 가져온 사탕과 초콜릿을 케이지 안으로 던져주기도 했다. 이 사건이 그 도시에서 발간하는 잡지들의 표지를 장식하고 기사화되었다. 인터뷰를 청하는 사람들도 있었다.

"케이지 안에서 사는 것이 어떻습니까?"

"뭐… 별로 나쁘지 않습니다. 정말로 나쁘지 않아요."

"끼닛거리나 음식은 어떤 것을 드십니까?"

"당신들과 다를 바 없습니다."

"언제까지 케이지 안에서 살 생각이십니까?"

"죽을 때까지죠."

(그는 자신이 죽으면 케이지를 불태우라고 유서를 써놓았다.)

"케이지 안에서 필요한 것이 있습니까?"

"제단 하나가 필요합니다."

(그가 한 인터뷰에서 한 말에 따르자면)

그 당시, 케이지 안에 사는 사람으로 인해 시의원들에게 아주 번거로운 문제가 생겼다고 했다. 범죄를 저질러 처벌을 한 것도 아닌데 인간이 스스로 본인의 의지로 케이지 안에 들어가서 산다는 것이 법에 저촉되는지 아닌지에 대해서 논쟁이 벌어졌기 때문이다. 인권단체들은 케이지를 파손시켜 그 사람을 구해내려 했고 경비원을 세우기도 했다. 케이지 속 남자는 아내의 요구에 따라 이혼을 해줘야 했다. 그 이후 특이한 인간인 그와 결혼하고 싶다면서 여러 명의 여자들이 연락해 왔지만 그가 거절했다. (여배우 한 명과 가수 두 명도 그에게 청혼을 했다. 많은 단체들이 그에게 가입을 권유하거나 참여하기를 원했다. 하지만 그는 어떤 단체에도 가입하지 않았다. 그는 인간사회의 일원으로 남은 것만으로도 충분하다고 생각했다.)

나는 도시를 떠나기 전에 그를 만났다. 그는 그사이 이른 살이 되었다. 케이지 안에 살고 있지만 그는 야생동물처럼 거칠고 지저분한 모습이 아니었다. 깨끗하게 옷을 차려입었을 뿐 아니라 하얗고 긴 머리칼에 긴 수염의 맑은 눈동자를 가진 할아버지였다. 더 이상 호기심 때문에 찾아오는 사람이 없어진 지는 오래되었다. 그가 읽고 있던 책을 내려놓고 나를 반갑게 맞아주었다. 그가 내려놓은 책을 보고 (프랑스어로 쓴 사르트르의 자서전인 『말』이었다) 내가 물었다.

"프랑스어를 할 줄 아시나 봐요?"

"조금 읽고 쓸 줄 알아요. 이 안에서만 있으니까 책을 많이 읽게 됩니다."

영어, 프랑스어 책들로 채워진 책장을 가리키며 그가 대답했다. 그는 지금 라틴어를 배우기 시작했다고 한다.

"글을 쓰지는 않으십니까?"라고 내가 묻자

"인간들이 저질러대는 나쁜 짓들 중 가장 나쁜 짓이 바로 한 가지도 바르게 알지 못하면서 글을 쓰는 것입니다. 내가 지금 제일 무서운 것이 뭔지 알아요? 책이에요."

라고 말했다. 다행이 내가 작가라는 사실을 그는 알지 못했다. 돌아가기 전에 내가 물었다.

"다시 자유롭게 살고 싶지 않으세요?"

그는 조용히 웃으며 말했다.

"이 세상 어느 누가 자유롭게 살고 있나요? 모두 자신의 케이지를 만들어 그 안에 갇혀 살고 있지 않나요? 다만 케이지가 눈에 보이느냐 안 보이느냐 그 차이가 있을 뿐입니다. 모두 마찬가지예요."

그는 차분하고 평온한 목소리로 말했다.

팬티

공룡도 긴 털을 가진 코끼리도 멸종했지만
인류의 팬티는 계속 생명을 유지하고 있다.

어젯밤 내내 나는 잠을 잘 자지 못했다. 왜냐하면 팬티에 대해 생각을 하고 있었기 때문이다. 한 가지의 상상에서 시작된 생각은 꼬리에 꼬리를 물고 점점 더 범위가 확장되어 끝날 줄을 몰랐다. 아이슈타인의 상대성이론이나 혼돈이론 또는 호킹의 빅뱅이론이나 아직 결혼하지 못한 내 애인에 대한 생각도 아니었다. 엉뚱하게도 팬티 때문에 잠을 못 이루다니. 하지만 팬티에 대해서 파고들다 보면 의외로 재미있는 사실들을 발견할 수 있다.

상상을 시작하게 된 계기는 이렇다. 얼마 전, '세계 시(詩)의 날'이라는 행사에서 난 어쩔 수 없이 시 낭송을 해야 했다. 사실 나는 사람들 앞에 잘 나서지 않는 편이다. 세상이 나를 바라봐 주기를 원하는 사람이 아니라 조용히 세상을 바라보

길 더 원하는 사람이다. 아무튼 그렇게 사람들 앞에 서서 낭송을 하다 보니 걱정되는 것이 한 가지 있었다. 그것은 우발적으로 빠소[남성용 론지]가 벗겨지지는 않을까 하는 우려였다. [미얀마 남자들은 론지 밑에 속옷을 입지 않는다.]

아… 그래서 시를 낭송했던 민탓마웅이나 냐잉웨 그리고 모저가 서양식 바지를 입고 온 것이라는 생각이 들었다. 싼우(M.S.O)는 빠소를 입고도 아무렇지 않게 낭송을 했다. (그는 팬티를 입고 온 모양이었다.) 이런 식으로 나는 팬티 생각에 점점 빠져들고 말았다.

실은 팬티라는 것이 무시무시한 것은 아니다. 팬티는 사람이 처음으로 입었던 옷이라고 할 수 있다. 인류가 처음으로 팬티를 발명한 순간은 곧 야생에서 벗어나서 문명으로 들어서고자 했던 극적인 순간이라 할 수 있다. 허풍쟁이라면 "팬티는 문화의 아버지" 또는 "문화의 개척자"라고 말할 것이 분명하다. 그때의 팬티는 지금 당신들이 입고 있는 팬티와 똑같지는 않았을 것이다. 한 뼘 조금 넘는 동물 가죽을 사타구니에 묶어놓은 모습 정도를 상상하기란 그리 어렵지 않다. 수천 년이 지났지만 현대 팬티의 모습은 원시시대의 모습과 별반 다르지 않다. 공룡도 긴 털을 가진 코끼리도 멸종했지만 인류의 팬티는 계속 생명을 유지하고 있다. 지구에서 햄버거나 공산주의, 석유가 사라지는 한이 있더라도 팬티는 살아남을 것 같다. (혹 마오쩌둥 같은 혁명가가 팬티를 입지 못하게 하지 않는 한.)

사실 팬티는 세상에서 인간과 분리될 수 없는 중요한 것 중 하나다. (나 같은 사람은 드물겠지만.) 한번 생각해 보라. 팬티는 인디언도 중국인도 쿠바인도 흑인들도 히말라야에 사는 사람들도 태평양에 사는 사람들도 피부가 하얀 사람도 검은 사람도 크리스천도 이슬람교도도 화가도 테러범도 무솔리니와 존 레논도 베트남의 채소 파는 여인도 엘리자베스 여왕도 입는다. 교황과 마하트마 간디도 입었을까?

이 세상에서 가장 유명한 영화 캐릭터가 있다. 그는 값진 고급 의상을 여러 벌 갈아입는 제임스 본드가 아니다. 그는 언제나 팬티 한 장만을 입었던 사람이다. 당신도 알 것이다. 바로 타잔이다. 미얀마에서도 시골 산골짜기에 사는 아이들까지 타잔이 팬티 한 장만 입고 있다는 사실을 모르는 사람이 없다. 자… 팬티라는 것이 참 재미있지 않은가? 여성용 팬티도 본적 있을 것이다. 만달레이에서 살고 있는 메묘는 길을 가고 있는데 아파트에서 바람과 함께 날아온 여성용 팬티가 그의 머리 위로 떨어졌다고 한다. 그의 어떤 소설에 그렇게 써 있는 것을 읽은 적이 있다. 여성용 팬티는 남성용 팬티와 크게 다르지 않다. 그래서 팬티가 독특하게도 여성과 남성의 공통분모라고 해도 과언이 아닐 것이다.

팬티의 색깔은 다양하게 생산되지 않는다. 왜 그런지 연구를 해봐야 된다고 생각한다. 핑크색은 성욕을 자극 하는 색이라고 한다. 대부분의 여성들은 빨간색을 많이 입을 것 같다. 제일 적게 입는 색깔은 하얀색이다. 사실상 팬티는 퇴위한 왕과 같다. 원시시대 때는 겉으로 드러나는 속성을 지니고 있다가 시간이 흐르면서 밖에서 안으로 들어간 것이 아닐까? 그와 반대로 안에서 밖으로 나온 것이 있는데 바로 우리가 어릴 때 슌쩨라고 불렀던 속셔츠다. 사람은 죽을 때까지 속옷과 함께 한다. 죽고 나서도 속옷을 벗지 않는 시체를 보라.

곰곰이 생각해보면 속옷이 가지고 있는 뜻이 아주 넓다. 감춤과 자제, 귀중히 여김, 자존감과 부끄러움, 미의 간접적 표현, 매력, 개인적인 상징, 규칙 등 다양하다. 그렇다면 밀키웨이라 부르는 은하는 우주의 속옷이 아닐까. 눈에 쌓인 산들도 지구의 속옷이라 할 수 있겠지. 꽃들 또한 숲 속의 깊은 곳에 숨겨진 속옷이라 할 수 있겠지. 내면의 본성을 드러내

지 않고 곰삭혀 표현하는 것이 예술이라면 시(詩)라는 것은
마음의 속옷이겠지.

(로렌스 퍼링게티의 시 「속옷」을 약간 참고하였음을 밝힌다.)

본명은 예민Ye Myint이다. 떳싸니는 1946년 10월 30일 양곤Yangon
바한 지역에서 태어났다. 독실한 불교신자이며 독학으로 문학
과 영어 등을 마스터한 것으로 유명하다. 1965년 잡지 슈마와에
『물 길어올 시간The Time for Fetching Water』이라는 시를 발표한 이후
100권이 넘는 책을 출간했다. 그는 다양한 펜네임(예명)을 사용
한다. 장르 또한 다양하다. 시, 단편, 문학평론, 정치평론, 공상
과학소설에서 종교적이거나 철학적인 텍스트와 세계정치사전에
이르기까지 그 폭이 매우 넓다. 1978년 발표되었던 『밍사잉 활
쏘기Myingsaing Archery』는 미얀마 동시대 시에 있어 분수령이라는
평가를 받는다. 이 시집은 2006년에 다시 출간되었다. 가장 널
리 알려진 시집으로는 『내 피부에서 걸어 나오며Walking Out of My
Own Skin』, 『불필요한 문장들Redundant Sentences』 그리고 아웅 체임
Aung Cheimt과 마웅 초 뉘Maung Chaw Nwe와 함께 발표한 『21세기 앨
범21st Album』 등이 있다. 『불필요한 문장들』은 2004년 '버마 올해
의 동시대 시' 상을 수상했다. 그를 소개하는 "집도 없고 계좌
도 없고 선생도 없다"는 단순한 비유를 넘어 그의 작품 전체를
관통하는 상징적인 레토릭이기도 하다. 떳싸니는 양곤 미야오
클라에서 함께 늙어 가는 형제들과 비좁은 2층 집에 살고 있다.
그는 시란 안티-포엠anti-poem이여야 한다고 믿는 시인이자 작가

다. 그는 "목적이 뚜렷한 삶을 살 수 있는 기회가 주어질 때마다 나는 언제나 시(문학)를 선택했다"고 말했다. 2012년도에 영국 캠브리지 대학, 2018년도에 광주 아시아문화전당의 초청을 받아 방문하였다. 그의 작품은 중국어, 영어, 독어, 일본어, 한국어로 번역되었다.

미얀마시인협회에서 2013~2014년에 회장을 역임하였고 현재 미얀마시인협회 고문으로 군부쿠데타에 저항하는 작가들을 이끌고 있다. 1962년 군부쿠데타 이후부터 오늘날까지 군부독재에 맞서 저항을 멈추지 않고 있다.

그는 그림을 그리는 화가이기도 하다. 화가들 그룹 전시회에 자주 초대되기도 한다. 2018년도, 2019년도에는 양곤에서 개인전을 열기도 했다. 영화(비디오) 관람과 꽃 가꾸는 일을 즐긴다. 지금까지 미혼인 그는 양곤에 살면서 글을 쓰며 생계를 유지하고 있다.

역자 약력

한국명 소대명Saw Demay Win은 1990년 미얀마 에야와디에서 태어났다. 2009년 양곤외국어대학교 한국어과에 입학 후 한국으로 유학했다. 우석대학교 유통통상학부를 졸업하고 2014년 귀국하여 현재까지 의류기업 매니저와 미얀마 문학을 한국어로 번역하는 일을 병행하고 있다.